포기하지 않는 마음

포기하지 않는 마음

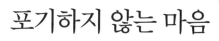

임혜린 지음

폭스코너

2부 통증이 일상이야

3부 마지막 무대는 시작되지 않았어

포기하지 않은 사람

서른셋 어느 날 이후 나는 더 이상 이전처럼 살 수 없게 되었다. 이전 해 여름 오른쪽 뒷목의 한 지점에서 시작됐던 통증이 어느새 온몸으로 걷잡을 수 없이 퍼졌고, 할 수 있는 일보다 할 수 없는 일이 더 많아졌다. 수많은 검사 끝에 내가 받아 든 진단명은 '섬유근육통'이었다.

이 글은 통증의 시간을 해독하기 위해 시작되었다. 통증과 함께 이어진 병가, 휴직, 휴직의 연장 그리고 퇴직까지. 사람들에게 지난 시간의 나는 단지 아픈 사람일 뿐이었다. 나의 시간은 아팠다는 말 하나로 성에가 낀 유리창처럼 뿌옇게 희미해졌다. 뽀득뽀득. 나는 그 유리창을 닦아본다. 뿌옇고 희미한 것, 이건 나의 시간이 아니다. 나는 그렇게 살지 않았다.

나는 내 시간에 의미를 찾아주고 싶다. 어떤 이는 내가 몇 년째 '부재중'이라고 말하곤 했다. 하지만 난 어디에도 간 적이 없었다. 나 여기 있다고, 여기서 절대 포기하지 않고 살아남기 위해 매 순간 투쟁하고 있다고 말하고 싶었다. 건강하지 않았다고 해서 나의 그 시간들이 아무 의미 없이 흘러간 것은 아니라고. 하루에 단 십 분을 산책하는 날도, 혹은 아예 바깥에 나가지 못한 날도 나는 더 나아지기 위한 마음을 단 한순간도 놓은 적이 없었다.

기록되지 않은 서사는 납작해진다. 아픈 사람은 말 그대로 아픔과 싸우느라 기록을 남길 에너지가 부족하고, 그저 타인의 안타까움이나 동정이 담긴 몇 마디의 언어만이 스쳐 지나가므로 질병의 시간은 보통 납작하게 남는다.

나 또한 통증의 기록을 남기는 것에 여러 번 실패했다. 수차례 노트북을 열었으나 고정된 자세가 유발하는 근육의 경직감과 통증을 참을 수가 없어 길어야 삼십여 분쯤 버티다가 글쓰기를 중단하기 일쑤였다. 글씨를 쓰면 팔과 어깨와 등이 아팠다. 통증이 느껴지지 않는 자세는 없었다. 아니, 사실 통증이 시작된 이후 나는 단 하루도 통증과 함께하지 않은 날이 없었다.

그럼에도 나는 글을 쓰는 것을 포기할 수 없었다. 다들 나에게 어디가 아픈 것이냐 물었다. 언제쯤 나아지는지, 다시 일을 할 수 있는지 물었다. 복직해도 괜찮은 건지 물었다. 그 모든 것에 대한 대답은 나도 가장 알고 싶은 것들이었다. 들어줄지는 모르겠지만, 나의 시간을 이해할 수 있도록 글을 쓰기로 했다. 내가 무의미한 시간을 보낸 것이 아니라는 것을 보여주고 싶었다. 사람들에게, 가족들에게, 무엇보다도 나 자신에게.

은유 작가는 《쓰기의 말들》에서 "써야 알고 알아야 나아지고 나아지면 좋아지고 좋아지면 안심한다"라고 말했다. 나는 그 문장을 여러 번 베껴 적으며 이렇게 글을 써서 종국에 내가 안심할 수 있게 된다면 몇백 번이고 글을 쓰겠다고 마음먹었다.

그렇게 나는 한동안 글을 썼다. 글을 쓰자 나의 마음이 보이기 시작했다. 글이 반복적으로 가리키는 지점을 발견했고, 자연스럽게 통증이 어느 시기마다 나에게 찾아오는지 알게 되었다. 좋아지면 안심할 수 있다고 했던가. 나는 안심하고 용감해져서 학교를 그만둘 수 있게 되었다(나는 십삼 년 차 교사였다). 그것이 통증의 종결을 의미하진 않았지만, 앞으로 올 고통을 차단하고 오직 회복에만 집중할 수 있게 된 것만으로 충분했다.

유리창을 마저 닦는다. 나와 비슷한 모습을 한 사람들을 발견한다. 내 시간의 의미를 찾기 위해 시작된 글이었지만,

처음부터 나만을 위해 쓴 글은 아니었다.

아프기 시작한 후 내내 나는 실제 통증 환자, 섬유근육통 환자들의 글을 찾아 헤맸다. 인터넷 환우회에 가입해 많은 글을 읽었지만, 그것으론 충분치 않았다. 병원이나 약, 증상 등에 대한 단편적인 정보 말고도 더 많은 것을 알고 싶었다. 대체 이런 통증을 가지고 계속 사는 게 가능하긴 한지 미치도록 궁금했다. 온전히 책 한 권의 이야기를 읽고 싶었다. 투병기를 닥치는 대로 읽었지만, 비슷한 모습을 발견하기는 쉽지 않았다. 거의 모든 투병기는 극적인 호전이나 여지가 없는 결말, 죽음으로 수렴됐다. 무엇이 됐든 끝이 있었다는 이야기다. 그와 동시에 나와 같은 사례를 왜 책 속에서 찾을 수 없는지 말하지 않아도 너무 분명하게 알 수 있었다. 낫지도 않고 죽지도 않는 이런 불치성·난치성 만성질환은, 서사로서 매력이 전혀 없었다. 극적이지도 않고, 끝도 없으니까.

하지만 그렇기에 더욱더 이 글을 써야겠다고 굳게 마음먹었다. 오랫동안 혼자 아픈 시간은 외로운 경험이었지만, 사람들과 나눌 수 있는 이야기가 쌓였다. 부서지고 무너지며 좌절하고 다시 일어나길 반복하는 시간은 지난하고 괴로웠지만, 결국 포기하지 않아 터널 끝에서 새어 나오는 희미한 빛을 바라볼 수 있게 되었다.

먼저 비슷한 경험을 한 이의 글을 읽을 수 있었다면 덜 외로웠을 것이다. 길고 까마득한 터널이지만 그 끝에 빛이 있다는 걸 알았다면 용기를 가지기 더 쉬웠을 것이다. 통증 때문에 글을 쓸 엄두도 내지 못할 많은 사람들에게 이 글이 작은 위로가 되었으면 좋겠다. 나의 글에서 당신의 경험을 발견하고 위안을 받았으면 좋겠다.

병원과 병원을 오가며 많이 다치고 외로웠을 쓸쓸한 당신의 마음을 내가 정말 잘 안다. 나도 그랬으니까. 그래서 어딘가에 있을 나와 비슷한 당신들에게 손을 내민다. 더 이상 외로워하지 말라고. 이 글은 나와 당신을 위한 글이다. 포기하지 않은 사람이 단 한 명이라도 있다면 당신에게 위로가 될 것 같아서.

2023년 가을
임혜린

1부

포기하지만
말아주세요

진단명, 섬유근육통

처음엔 오른쪽 목이 아팠다. 통증이 온몸으로 퍼지며 섬유근육통이란 진단명을 받게 된 것은 반년 후의 일이었다. 나쁜 일은 순식간에 일어났다. 이때만을 기다렸다는 듯 내 몸은 순차적으로 와르르 무너졌다. 목을 치료하러 갔다가 온몸에 주사를 맞게 되고, 엑스레이와 MRI를 찍다가 핵의학 검사를 받게 되었다. 한 달 동안 병원에서 받을 수 있는 모든 검사를 한 후 받아 든 결과지는 이상 없음. 모든 것이 이상했다.

커다란 본스캔 기계에 들어갈 때 나는 두려우면서도 한편으로는 차라리 이상이 발견되길 바랐다. 엑스레이, MRI, 피검사 모든 것이 정상이라는데, 나는 태어나서 단 한 번도 그런 식으로 괴롭고 고통스럽게 아파본 적이 없었다. 나는 제발 나의 통증을 공식적으로 증명받을 수 있길 바랐다. 수많은 항목 중에 단 하나라도 정상 수치를 벗어나길 바랐다. 하지만 이번에도 모든 것이 정상. 내가 이렇게 아픈데 아무 이상도 없다니, 나는 결과를 듣고 망연자실했다. 내가 아프다는 것을 대체 어떻게 증명해야 할까.

과학기술이 이렇게나 발달했는데도 나의 병명을 진단하는 데 최종적으로 사용된 것은 종이 설문지였다. 섬유근육통 설문지에는 몸의 열여덟 곳 중 열한 곳 이상에 통증이 있고 극심한 피로감을 느끼면 섬유근육통으로 진단한다는 진단 기준이 적혀 있었다. 뻣뻣하고 경직되고 저리고 화끈거리는 느낌을 모두 통증으로 봐야 하냐고 물으니 그렇다는 대답이 돌아왔다. 나는 사람 몸이 그려진 그림에 빈 곳이 없을 만큼 표시했다. 뻣뻣함과 통증이 주로 있는 부위는 오른쪽 상체였지만, 저리는 느낌은 한 부분을 특정할 수 없이 온몸을 관통했다. 100점 만점에 79점. 의사와 나는 그 결과지를 두고 별말이 없었고, 얼마 후 그는 나의 치료를 중단했다. 더 이상 그곳에서 해줄 수 있는 게 없다는 것이 이유였다. 병원을 나오며 그저 하염없이 울었다.

오빠에게 섬유근육통 설문지 결과에 대해 말하자 "섬유근육통이면 쉽지 않은데"라고 했다. 병원에서 의사는 신뢰도가 떨어지는 검사라고 했다. 섬유근육통을 인터넷에 검색하니 설명이 너무 무시무시해서 나도 내가 그것이 아니길 바랐다. 그래서 나는 그 결과를 믿지 않기로 했다. 그것을 믿고, 섬유근육통에 대해 파헤치다 보면 내가 너무 지칠 것 같았다. 두려웠다.

그러면서도 섬유근육통 카페에 가입했다. 글을 읽으며 동질감을 느끼기도 했고, '나는 저 정도는 아니니 섬유근육통이 아닐 거야'라고 생각하기도 했다. 읽다 보면 괴로워져서 자주 들어가진 않았다.

의학적으로 아무 이상이 없으나 극심한 통증과 전신 피로감을 호소하는 경우 의료계에서는 그것을 섬유근육통이라는 카테고리에 넣는다. 한 달여의 검사 끝에 그럴듯한 병명을 얻었지만, 그 병명은 통증의 원인과 해결법을 알 수 없다는 의미라서 나는 내가 아프다는 것을 이해받을 수 없다고 느꼈다. 섬유근육통이라는 이름만으로는 나의 고통을 설명하기에 충분치 않아 보였다.

나도 평생 처음 들어보는 이 병명, 앞으로도 사람들에게 수백 번이고 설명해야 할 것만 같았다. 섬유근육통만 아니라면, 원인도 해결법도 명확한 다른 어떤 질병이라도 괜찮을 것 같았다.

이후로도 나는 검사상 이상이 있는 확실한 병명을 찾아다녔다. 몇 달 후 손발이 전보다 더 저려서 가까운 신경과에 갔다. 손과 발끝에 장치를 끼우고 검사를 받는 동안 일말의 기대를 했다. 이번엔 이상 수치가 있는 확실한 진단명을 받아들 수 있는 게 아닐까. 하지만 또 아무 이상이 없었다. 실망했다. 의사는 섬유근육통이라고 말했다. 흔한 병이고, 손발이 저리는 것도 그것 때문일 거라고 했다. 그러면 섬유근육통으로 학교를 휴직할 수 있는 진단서를 발급받을 수 있는지 묻자 단호하게 안 된다고 했다.

"섬유근육통은 완치가 안 되기 때문에 기간을 명시하는 진단서를 쓸 수 없습니다."

아니, 조금 전까지만 해도 이렇게 아프고 힘들게 사는 사람들 많다고 하셨잖아요. 근데 일은 쉴 수가 없는 거예요? 원망의 마음이 들었다. 그렇구나, 섬유근육통은 힘들고 괴로운 거지만, 치료 방법이 없으니까 그냥 이렇게 살다가 가는 거구나. 서러움에 눈물이 멈추질 않았다.

어느 겨울엔 독감에 걸린 듯한 몸살 상태가 이 주 넘게 지속되었다. 동네 내과에서 시작하여 대학병원 감염내과, 류머티스내과까지 가서 피를 여덟 통이나 뽑았지만, 결국 내가 들은 건 검사상 아무 이상이 없다는 말뿐이었다.

"염증 수치도 정상이고 아무 이상이 없어요. 섬유근육통

입니다."

이미 여러 번 들어 익숙한 그 이름을 또 들었다. 내가 어떤 식으로 어떻게 아파도 결국엔 섬유근육통이란 말만 듣게 되는 걸까. 나는 매번 내 몸의 이상함을 확인받을 뿐이었다.

손이 저려 동네 류머티스내과에 갔을 때도 마찬가지였다. 역시나 피를 뽑고 여러 가지 검사를 받았지만, 이상 수치는 발견되지 않았다. 의사는 별일 아니라는 듯 손 저림도 모두 섬유근육통 때문이라고 말했다. 손을 적게 쓰고 자주 쉬라고 말했다.

이런 이상하고 이해할 수 없는 증상을 설명할 수 있는 건 결국 이것뿐인가. 섬유근육통 진단을 몇 번이고 받게 되자, 결국 그 어색한 병명을 받아들이지 않을 수 없게 되었다.

섬유근육통은 속이 텅 빈 병명 같았다. '당신이 아픈 이유와 해결법을 모르겠습니다'라는 뜻이고, 실제로도 대부분 약을 처방받지 않고 병원을 나왔다. 나아질 방법을 알 수 없다는 사실만 재차 상기했다. 할 수 있는 것은 아무것도 없었다.

섬유근육통 관련 원서와 논문을 읽기 시작했다. 책의 절반쯤, 그리고 논문 몇 개를 읽다 관련 문헌 읽기를 그만두었다. 책과 논문에서 공통으로 이야기하는 섬유근육통의 발생 기전은 이러하다. 자율신경계의 교감신경계가 지나치게 항진되어 스트레스 반응이 끊임없이 일어나는 상태라는 것이다. 모든 자극을 스트레스 요인으로 받아들이는 오류가 발생하는 것이라는데, 문제는 왜 그런 오류가 발생하는지를 모른다는 것에 있었다. 복잡한 표와 차트를 잔뜩 그려놓아도, 시상하부와 각종 호르몬 이름을 들어 설명해놓아도, 모든 문헌의 결론은 '하지만 왜 이상 반응이 나타나는지는 알 수 없다'로 끝이 났다. 한 논문에서는 섬유근육통이 '적대적인 환경에 적응하지 못한 인간 복합 시스템의 실패'라고 결론 내렸다. 그냥 실패했다는 것이다. 원인도 해결법도 모르겠고, 그냥 이건 몸의 실패야.

그래서 더 이상 관련 문헌은 읽지 않는다. 길이 보이지 않았다.

섬유근육통에 대해선 아무것도 알아낼 수 없었다. 몸의 실패라는 말은 확실히 맞는 것 같다. 나는 실패한 몸으로 수년을 헤쳐왔다. 적대적인 환경에 적응하지 못한 실패한 몸으로 살아가는 일은 녹록지 않았다. 넘어지고 부서지고 깨지고 무너지며 매 순간을 이를 악물고 버텨왔다. 단 한 순간이라도 내가 나를 포기했다면 다다르지 못했을 오늘이다. 나는 포기하지 않은 나를 신기하고 대견하게 생각한다. 거의 매일 좌절하고 다시 일어나 걸을 뿐이었다.

몸은 실패했을지도 모른다. 하지만 정신은 실패하지 않았
다. 뚜벅뚜벅 앞으로 걸어 나간다. 비록 느릴지라도.

통증의 시작

시작은 사소했다. 나는 침대 옆 책장에 기대 반대편 대각선에 있는 티브이를 보는 일이 많았다. 자연스럽게 몸을 오른쪽으로 기댄 채 시간을 보내게 됐다. 좋지 않은 자세였지만, 집에서 편히 구겨져 있는 자세가 으레 그렇듯 크게 문제가 될 거라 생각하지 않았다. 나는 그렇게 티브이를 보고 책을 읽고 휴대폰을 사용했다. 몇 달이 지나자 오른쪽 뒷목이 아프기 시작했다. 오른쪽을 많이 바라보았으니 오른쪽 목이 아픈 거겠지. 나는 단순하게 생각했다. 해결도 단순할 거라 생각했다.

2017년 여름, 처음엔 그렇게 특별하지 않은 통증이 시작되었다. 당장 티브이를 침대에서 정면으로 볼 수 있는 데다 옮겼다. 하지만 티브이 때문에 목이 아파졌다는 사실이 싫어 예전처럼 자주 보게 되지는 않았다. 마사지볼을 사용해 통증 부위를 이완하고 시간이 날 때마다 목 스트레칭도 했다. 하지만 목 뒤에서 시작된 통증은 어느새 머리 뒷골을 타고 이마까지 연결되었다. 두통이 나타나기 시작했다. 그 전에도 두통은 매우 빈번하게 나타나곤 했지만, 이번에는 명확하게 통증이 지나온 길이 느껴졌다. 두통이 생기며 무언가에 집중할 수 없게 되고, 하루 종일 성가신 통증에 시달리자 병원에 가야겠다는 생각이 들었다.

인터넷을 검색해 한 통증의학과를 찾았다. 의사는 목이 아프다는 나의 말을 듣고 목 한 번 만져보지 않은 채 비싼 주사를 처방했다. 무슨 주사인지 물었지만, 자세히 설명해주지 않았다. 다음번 진료 때 특별히 효과가 없었다고 말하자 의사는 물리치료를 꾸준히 받으러 오면 나아질 것이라고 말했다. 병원까지 운전해 가는 것이 오히려 통증을 더 악화시켜서 그 병원은 가지 않았다. 대신 자세 교정이 도움이 될까 싶어 필라테스 1회 체험 강습을 신청했다. 책과 관련 자료를 많이 읽어 관심이 컸던 만큼 강사분에게 바른 자세, 요추전만, 골반의 정렬 등에 대해 질문했는데, 그녀 자신도 머릿속에 이론이 정립되지 않은 듯 말끝을 자꾸 흐렸다. 나름 필라테스가 답일 거라 생각해 간 곳이었는데, 그곳엔 길이 없을 것 같아 등록하지 않았다. 대신 자세 교정에 좋다 하여 서너 해 전 취미로 배운 적이 있었던 발레를 다시 수강하기 시작했다. 하지만 발레는 한 달도 제대로 나가지 못하고 중단해야 했다.

당시 목의 통증이 아니더라도 이상하리만큼 나의 건강 상태는 좋지 않았다. 10월에는 이 주가 넘도록 지독한 두통에 시달려 새벽녘 응급실에 가기도 하고, 어지럼 증세가 사라지지 않아 병가를 내기도 했다. 메니에르 증후군 의증으로 여러 병원에 갔지만, 가는 병원마다 진단이 달랐고, 대학병원 신경과까지 가 머리통을 잡힌 채 마구 흔들릴 때는 다른 건 몰라도 내가 올 곳이 여긴 아닌 것 같다는 생각만 들었다. 어디로 가야 할지 알 수 없는 날들이었다. 두통으로 학교를 나가기도 어려워지자 당연히 발레는 중단해야 했다. 목의 경직감이 점점 심해져 발레 동작을 하기도 힘들던 때였다. 11월엔 한 달 내내 몸살감기가 낫지 않았고, 그즈음 목의 통증은 점점 더 나빠지고 있었다. 목을 편안하게 받쳐주는 동시에 너무 높지 않은 완벽한 베개를 찾아 수십만 원을 썼고, 추석 고향 방문이나 출장으로 집을 떠나야 할 때면 베개와 마사지 볼을 바리바리 싸 들고 다녔다. 그 베개가 아니면 하루도 잘 수 없을 정도로 매일 목 뒤에 표현할 수 없는 불쾌한 불편감이 느껴졌다.

분명 나아지기 위해 노력하고 있는데, 상태는 점점 더 나빠져만 갔다. 그해 12월에는 목의 통증이 뒷목을 넘어서 사방으로 퍼졌고 뻣뻣함과 근육의 당김이 심해졌다. 목의 가동 범위가 급속도로 줄어들고 목을 일정 방향으로 돌리는 것도 어려워졌다. 본격적으로 일상생활에 지장이 생기기 시작했다. 흔한 목 디스크 탈출증은 아닐까 싶어 목 MRI를 찍어보았지만, 나의 MRI는 지나치게 깨끗했다. "아무 문제도 없으니 다행이지 않나요?" 나의 MRI를 판독해준 의사는 걱정할 게 무엇이냐는 듯 심플하게 말했다. 하지만 통증이 있는데 객관적인 이상을 발견하지 못하는 건 내겐 전혀 다행이 아니었다. 나의 통증을 증명받을 수 없을지도 모른다는 불안감이 엄습했다. 나는 분명 아픈데 이상이 없다는 말만 듣게 되는 건 아닐까? 그때부터 나는 왠지 불안해지기 시작했다. 아픈 사람의 안도감은 아이러니하게도 실제로 몸에서 무언가가 잘못되고 있다는 사실을 객관적으로 확인할 때 온다. 그렇지 않을 경우 스트레스 때문이라거나 신경성, 심인성이라는 오명을 뒤집어쓴 채 끝없는 자기 성찰과 후회의 늪에 빠지게 되기 때문이다. 빠져나올 수 없는 그 늪이 내 발 앞에 성큼 다가온 것만 같았다.

　상태가 그만큼 악화되자 대학병원에 가보기로 했다. A대 마취통증의학과에서 몇 주간 치료를 받았으나 비싼 주사들은 마취약이 효과를 보이는 시간만큼만 유효했다. 대여섯 시간은 통증이 안 느껴졌으나 그 후엔 다시 원래대로 돌아갈 뿐 문제 부위에 대한 근본적인 치료는 아니었다. 방향을 틀어 A대 재활의학과에 가보았다. 그즈음 한 재활의학과 의사가 집필해 크게 인기를 얻은 목 관련 서적을 읽었고, 비슷한 치료를 받을 수 있지 않을까 하는 기대감이 있었다.

　진료 날, 그 책을 읽었다는 이야기에 책의 저자와 같은 학교 출신인 의사는 반색을 했고, 진료실 분위기는 내내 화기애애했다. 그는 내 증상을 듣고 근육의 뭉친 부위를 주사로 부수는 TPI(Trigger Point Injection, 통증유발점 주사. 근막통증증후군을 유발하는 근육 내 통증 유발점을 찾아 주사하는 치료법)가 맞는 치료법인 것 같다고 말했다. 빠르게 주사가 준비됐고, 그는 트리거 포인트를 찾아 주삿바늘을 넣었다 뺐다를 여러 번 반복하며 뭉친 근육을 부쉈다. 순간적으로 악 하고 소리를 지르고 눈에 눈물이 맺힐 정도로 아팠지만, 낫기만 한다면야 몇 번이고 더 맞을 수 있었다.

　그 이후 다른 곳에도 TPI를 맞으며 알게 된 점은, 그 주사는 주사 자체의 통증이 굉장히 센 편이라 그 통증이 사라지는 데만도 일주일 정도는 걸린다는 것이었다. 주사를 맞은 부위가 일주일 내내 얻어맞은 듯 묵직하니, 원래 통증 부위의 통증이 경감되었는지는 판단하기가 어려웠다. 실제로 나아졌더라도 주사를 맞아 새로운 통증이 생겼으니 나아졌다는 것을 느끼기가 쉽지 않았다.

TPI를 처음 맞아본 나로서는 주사를 맞고서 점점 더 통점이 늘어나고 주사를 맞은 부위의 부기가 일주일 동안 빠지지 않는 것이 불안했다. 일주일 후 진료 예약 날 병원에 가서 증상을 그대로 말하자 의사는 그럼 이제 그만 오라고 말했다.

"네?"

나는 너무 놀라 되물었다.

"저는 제가 제일 잘할 수 있는 걸 했고, 그게 효과가 없으니 더 할 수 있는 게 없죠. 그럼 그 책 쓰신 분한테 직접 가보시든가요."

의사가 환자를 이렇게 포기할 수도 있는 건가? 머리를 벽돌로 얻어맞은 것 같았다. 나는 '원래 주사를 맞은 후 통증이 늘어나거나 주사 자체의 통증이 가라앉는 시간이 일주일 이상 걸릴 수도 있으니 좀 더 기다려봅시다'라거나 '그 주사를 맞고 호전이 없었으니 이번엔 이렇게 해봅시다'라는 식의 전개가 펼쳐질 거라 예상했지, 그렇게 쉽게 내쳐질 줄은 꿈에도 상상하지 못했다. 나는 지난 치료에 대한 설명이라도 듣고 싶었다. 그런데 그냥 이렇게 쉽게 포기한다고?

넓은 진료실에 감도는 차가운 공기와 묘하게 고압적인 표정, 어서 나가라는 듯 몸을 문 쪽으로 반쯤 돌린 채 나를 바라보고 있던 간호사의 모습이 나를 비참하게 만들었다. 나는 온몸으로 느낄 수 있었다. 그에게 나는 치료에 딱히 반응하지도 않고 이렇다 할 해결책도 없는 애매한 통증 문제를 들고 온 골칫덩어리 환자일 뿐이라는 걸. 그는 나를 환자로 받고 싶은 생각이 전혀 없었다. 어서 진료실 문을 나가 다신 찾아오지 않길 바라고 있었다.

간단할 것 같았던 나의 문제가 복잡해지는 과정이 내 눈앞에 펼쳐지고 있었다. 병원에서 나온 나는 말 그대로 갈 곳을 잃었다. 멍하니 터덜터덜 버스정류장으로 걸어갔다. 겨울바람이 차가웠다.

아무 이상도 없다니 이상해

"포기하지만 말아주세요."

이 도시에 있는 두 개의 대학병원 중 남은 곳, B 대학병원 재활의학과에 찾아갔을 때 나는 그저 포기하지만 말아주길 바랐다. 2월이 지나면 곧 새 학기가 시작될 것이었고, 다른 곳까지 갈 시간적 여유가 없었다. 나는 내가 살고 있는 도시에서 나의 문제를 해결할 수 있길 바랐다.

첫 진료 날, 나는 지난 6개월간의 과정을 A4용지에 일목요연하게 정리해 가져갔다. 통증 때문에 매 순간 불편하고 불쾌해 목을 뺐다가 다시 끼워 넣고 싶다고 말했다. 그땐 아직 약간의 농담을 할 정도의 여유가 남아 있었다.

진료를 거부당해 이곳에 왔다는 나에게 의사선생님은 내

가 먼저 관두지만 않으면 절대 포기하지 않겠노라고 다정하고 단호하게 말했다. 그 말을 끝까지 믿고 싶었다.

B 대학병원에서 두 번의 치료를 받기까지는 그 전과 비교해 별다른 차도가 없었다. 적어도 더 나빠지지는 않았다. 하지만 그즈음부터 새로운 통증이 추가되었고, 범위가 점점 확산되어갔다.

완전히 몸이 무너져 내린 것은 2018년 2월 6일이었다. 날짜를 기억하는 것은 전날이 개학 날이었기 때문이다. 방학 동안 텅 비어 있던 학교는 온풍기를 아무리 틀어도 온종일 온기가 돌지 않았고 추위에 떠느라 온몸의 근육이 경직되었다. 오른쪽 팔 전체가 저리고 당기는 느낌이 들었다. 그날 병원 기록엔 "우측 팔을 떼어내고 싶다"라고 말했다고 적혀 있었지만, 실제론 팔을 뽑아버리고 싶다고 말했다. 그날 내내 추위에 덜덜 떨다 다음 날 눈을 뜨니 더 이상 내가 알던 내 몸이 아니었다. 팔이 저리고 뻣뻣한데 타들어가는 것 같았다. 실제로 만져서 뜨거운 것은 아닌데 속이 뜨겁고 불이 나는 것 같은 느낌이었다. 그것을 작열감이라 부른다는 것은 나중에야 알았다.

세 번째 진료를 받으러 갔을 때 나는 더 이상 농담을 할 수가 없었다. 나는 주로 유머가 넘치는 편이지만, 그곳에서 내 몫의 너스레는 이제 끝났음을 알 수 있었다. 대체 내 몸에서 무슨 일이 일어나고 있는 걸까. 나의 몸이 돌이킬 수 없는 어떤 경계를 지난 것만 같은 느낌이 들었다. 진료 순서를 기다리며 대기 의자에 앉아 있는데 눈물이 멈추질 않았다.

그날 저녁부터는 팔뿐만 아니라 다리까지 저리기 시작하더니 허벅지부터 발바닥까지 작열감이 느껴졌다. 누워 있어도, 서 있어도, 앉아 있어도 몸이 괴롭지 않은 순간이 없었다. 그다음 날엔 저린 범위가 엉덩이부터 발끝까지로 늘어나고 화끈거림이나 찌릿함은 전날보다 더 심해졌다. 몸 전체가 뜨거운 불덩이 같았다.

내 상황이 안 좋아지는 바람에 학교 일에도 지장이 생기지 시작했다. 2월의 학교는 새 학기를 위해 모든 판을 새로 짜는 시기다. 2월의 개학 날 나는 자신 있게 업무분장 제1희망에 '1학년 담임'이라고 적어 제출했던 터였다. 그런데 다음 날부터 갑자기 몸 상태가 악화되기 시작한 것이다. 담임을 할 수 있을까? 지금 아픈 게 2월 안에 나을 수 있을까? 업무분장 희망을 빨리 바꿔야 하나? 온갖 생각이 날마다 머릿속을 떠나지 않았다. 병원에선 이렇다 할 병명도 찾지 못하

고 있었고, 이러지도 저러지도 못하는 상황에 불안감만 커져
갔다.

증상은 하루하루 눈덩이 불어나듯 늘어났고, 나는 통증을
버티는 것만으로도 금세 기진맥진해졌다. 항상 머리에 피가
안 통하는 듯한 아찔한 느낌이 있었다. 상체 부위의 경직과
통증도 심해졌다. 증상이 급격히 추가되어 병원 진료를 위해
매일 통증을 기록했다.

그때 나는 나을 수만 있다면 정년까지 교사를 할 수도 있
겠다고 생각했다. 인생의 절반을 진로 고민에만 써온 나였
다. 하지만 그런 내가 나에게 맞지 않다고 생각하는 교사를
정년까지 할 수 있겠다고 생각할 만큼 그 통증이 싫었다. 이
통증만 없었던 일이 된다면 이제까지 살면서 아팠던 것을 모
두 다시 겪어도 된다는 생각까지 했다. 나는 삶에게 애처롭
게 빌고 있었다. 지금까지 힘들었던 모든 걸 다 겪을게. 그러
니까 이것만 없던 걸로 해줘.

며칠 후 병원에 갔을 땐 섬유근육통 진단 설문지를 받아
야 했다. 섬유근육통이라니? 이름만 들어도 알 수 없는 불안
감이 엄습했다. 열여덟 개의 통증 점 중에 해당하는 곳을 표
시하라는데 거의 대부분을 체크할 수밖에 없어서 이건 무조

건 기준점수를 넘을 수밖에 없겠단 생각이 들었다. 보통 섬유근육통 환자는 50점 정도이며, 중증의 경우는 70점 이상이라는데, 그날 나의 점수는 79점이었다. 의사선생님은 단지 설문지일 뿐이라며 다른 가능성을 위해 모든 검사를 해보자고 하셨다. 뼈 스캔과 피검사를 예약했다.

그날은 집에 돌아와 머리를 단발로 짧게 잘랐다. 머리카락이 무거워 목이 너무 아팠기 때문이다. 머리를 감는 것도, 말리는 것도, 그냥 그 머리카락을 지탱하고 있는 것도 힘들었다. 집 근처 미용실에 가서 삼십 분을 앉아 기다리고, 또 삼십 분을 앉아 머리를 잘랐다. 그 한 시간을 가만히 앉아 있는 것이 매우 고통스러웠다. 근육의 경직, 뻣뻣함, 참을 수 없는 통증에 얼른 집에 가서 눕고 싶었다.

"언니는 왜 머리를 자르려고 해요?"

"무거워서요."

힘겹게 약간의 미소를 지어 보였다. 미용사는 겉으론 멀쩡해 보였으므로 나의 통증을 상상도 할 수 없었을 것이다.

그리고 나는 열아홉 살에 고향을 떠난 후 처음으로 명절에 집에 내려가지 못했다. 잠시 앉아 있는 것도 힘든 내가 장시간 이동하는 것은 꿈도 꿀 수 없는 일이었기 때문이다.

"엄마, 나 집에 못 내려가."

"그럼 엄마가 갈게. 가서 엄마랑 맛있는 것도 먹고 영화도 보러 가자."

"엄마, 나 이제 영화관에서 영화 못 봐. 나 이제 그렇게 못 앉아 있어."

같이 영화를 볼 수 없다고 얘기하는데 너무 슬펐다. 아프기 이전의 나의 삶에서 상상할 수 없을 정도로 많이 멀어진 것만 같았다.

내가 있는 곳으로 올라온 엄마는 주로 말이 없으셨다. 아프다는 것을 말로만 들었지 실제로 보게 된 것은 처음이었다. 예전의 나를 가장 잘 아는 사람이었기에, 아픈 후 누워 있기만 하는 나를 보고 가장 가슴이 아픈 것도 엄마였으리라.

엄마는 계속 방을 치우고 또 치웠고, 우리는 연휴 내내 올림픽 경기를 틀어놓았다. 하지만 별로 즐겁지 않았다.

뼈 스캔(bone scan, 골절, 종양 발생 및 전이 여부, 감염 및 관절 질환의 범위와 중증도를 평가하는 핵의학 검사)은 핵의학실(이름도 무시무시했다)에 가서 약물을 주입하고 네 시간을 기다린 후 기계에 들어가는 검사였다. 긴장은 됐지만 여기서라도 뭔가 나왔으면 하는 마음이었다. 그날 점심으론 병원 앞에 있던 2층 국밥집에서 순대국밥을 먹었다. 그리고 뼈 스캔과 피검사,

모든 종류의 검사에서 의학적 이상은 발견되지 않았다.

두 달 전 경추 MRI 결과를 봤을 때와 비슷한 두려움이 엄습하기 시작했다. 몸이 아픔에도 검사상 아무 이상이 없을 때 환자가 가지게 되는 두려움. 나는 이제 신경성이나 심인성 질환을 의심받게 되는 것은 아닌지, 나의 통증이 실재하지 않는 것으로 여겨지는 것은 아닐지 불안했다. B 대학병원 의사는 다행히 나의 통증을 의심하지 않았고, 약 처방을 여러 방면으로 바꿔보는 식으로 치료를 이어 나갔다. 그곳에서 나는 통증에 쓸 수 있는 모든 약, 즉 뉴론틴, 익셀, 심발타, 리리카, 아이알코돈을 순차적·복합적으로 복용했으나 모두 효과가 없었다. 마침내 마지막 마약성 패치가 부작용 때문에 실패로 끝나자 더 이상 시도해볼 수 있는 약이 없게 되었다.

우리에게 남은 것은 총점 79.75점이라는 높은 점수의 섬유근육통 설문지 점수뿐이었다.

의사도 나도 말수가 많이 줄어든 상태였다.

그 시기 나는 섬유근육통, CRPS(복합부위 통증증후군)를 인터넷에서 찾아보며 점점 불안감이 커져갔고, 신동욱 배우의 CRPS 투병 이야기를 보며 자꾸 눈물이 났다.

다시 아프기 전으로 돌아갈 수는 없을 것 같았다.

그래도 새 학기는 시작되었다

2월의 마지막 날, B 대학병원 의사는 더 이상 할 수 있는 치료가 없다고 말했다. 그곳에서 하는 주사 치료는 하루 정도의 통증 경감을 가져왔지만 큰 차도가 없었고, 약물 치료 또한 종류와 용량을 매번 바꾸어도 별 효과가 없었다. 그가 나를 포기했다. 나는 이제 이 도시에선 더 이상 갈 병원이 없었다.

모든 병원에서 버림받은 채 새 학기가 다가왔다. 나는 이런 통증을 가지고 일을 한다는 것이 도무지 상상되지 않아 학교를 쉬고 싶었으나, 당시에 만났던 모든 의사들은 일상생활을 유지하며 통증을 조절할 것을 권했다. 일상생활을 유지하며 통증을 조절하라. 그 문장을 그 이후로도 질리도록 듣게 된 것을 보니 아마 그것이 만성 통증에 관한 교과서적 지침인 듯했다.

그리하여 어느 곳에서도 진단서를 받을 수가 없었기 때문에 그대로 출근을 하게 되었다. 정말 새 학기가 목전이었다. 다른 방법을 강구할 수 있는 시간적 여유가 없었다.

업무분장 조정 시기에 거의 이삼 일 간격으로 대학병원에 다니며 각종 검사를 받고 있었기 때문에 학교 측에서 나의 업무를 최소화해주었다. 한 학년만 가르쳤고, 수업시수도 이전 해보다 줄었다. 업무 강도가 낮은 일을 하게 되었고, 무엇보다도 담임을 맡지 않게 되었다. 업무량이 줄어든 것은 물론이거니와 아이들과 감정적으로 얽힐 일이 줄어든 것이다. 신체적·정신적 스트레스가 최소화되는 꿈의 시나리오였다. 담임이 아니라면 높은 강도의 업무를 맡게 되는데, 학교 측의 배려로 업무도 거의 없는 한직(閑職)이 주어졌다.

나를 둘러싼 주변 상황은 그보다 좋을 수 없었지만, 그것들이 결국 내가 아파서 만들어진 상황이라 마냥 기뻐할 수는 없었다. 나는 아파서 편한 자리를 맡는 것보다는 그저 아프지 않고 남들이 하는 만큼의 일을 수행할 수 있는 한 사람의 몫을 하고 싶었다. 그랬다면 그런 자리를 만들어내느라 다른 선생님들에게 민폐를 끼칠 일도, 학교생활을 버텨내며 신세를 질 일도 없었을 것이다. 2월의 업무분장 시기부터 12월까지 나는 내내 마음이 무거웠다.

새 학기는 걱정했던 것보다는 그럭저럭 지낼 만했다. 일단 담임을 하지 않은 채 수업만 하는 기쁨을 알아버렸고, 그 해에 만난 학생들이 나와 굉장히 잘 맞았다. 이전 해와 달리 한 학년만 가르치게 되어 수업 준비의 부담도 많이 줄었다. 교무실에선 아무 말 없이 열심히 수업을 준비하다가, 교실에만 가면 방언이 터진 듯 수다쟁이가 되었다. 나는 타고난 이야기꾼이라 이야기하는 것을 정말 좋아한다. 아이들에게 배우는 단어가 나오는 팝송도 들려주고, 그 가수에 대한 이야기도 하고, 그 가수의 전 여자친구 이야기도 했다가, 언제 내한한다더라, 선생님 저 그거 가요, 이런 얘기들을 하는 것이 즐거웠다. 가르치는 것도, 새로운 수업 방식을 시도해보는 것도, 아이들과 대화를 나누는 것도 모두 즐거웠다. 나의 주요 통증 부위가 하필 오른쪽 목과 어깨라 판서를 하는 것이 힘들었고, 교실의 티브이가 또 하필 오른쪽에 있어 고개를 그쪽으로 돌릴 때마다 통증이 심했지만 그래도 버텼다. 오십 분 수업을 마치고 나설 땐 웃으며 인사를 했지만, 아이들이 없는 길목에 접어들면 에너지가 바닥나 난간을 잡고 한 칸씩 힘겹게 계단을 오르곤 했다. 아프기 전에도 기립성저혈압이 있었는데, 아픈 이후 더 심해져 3층에서 5층까지 계단을 오르면 정신이 아찔해서 중간중간 잠시 멈춰야만 했다.

그렇게 수업에서 돌아오면 나는 잠깐 어떤 한 편의 연극에 출연했다 내려온 것 같았다. 관객이 많았고, 많이 웃어준, 그래서 나도 많이 웃고, 이야기를 많이 했던 그런 연극. 교무실에 돌아오는 순간 나는 무대에서 내려온 연극배우처럼 온 몸에 에너지가 빠진 채로 의자에 털썩 주저앉았고, 그대로 고개를 책상에 묻은 채 잠시 엎드리거나, 찜질팩을 돌려 목과 어깨 위에 얹기도 했다. 수업은 에너지 소모가 많은 일이었다. 그 사실을 지난 십 년간 몰랐던 바가 아니었지만, 아프고 나니 그 소모량이 얼마나 많은지 그제야 체감할 수 있었다. 게다가 아픈 몸으로 하는 수업이라니, 나는 평소에 비해 훨씬 더 빠르게 지쳐갔다.

2학기에는 일주일에 한 번, 화요일마다 야간수업을 하게 되었다. 같은 과목 선생님들이 돌아가면서 하기로 학년 초에 이미 약속한 것이었다. 그때는 당장 몸 상태가 좋지 않아 일단 2학기로 미룬 것이었지만, 2학기에도 여전히 아플 줄은 몰랐다. 하지만 어찌 됐든 해야만 했다. 저녁 일곱 시부터 아홉 시까지 수업을 하고 집에 돌아오면 나는 거실에 가방을 놓고 그 자리에 그대로 풀썩 드러누워 한동안 움직일 수가 없었다. 저림 증상은 어차피 날마다 있었지만, 그렇게 내가 가진 체력의 한계치를 초과하여 무리를 한 날이면 몸에 더 높은 전압의 전기 코드를 꽂아놓은 듯 사지가 평소보다 심하게 저렸다.

가을날에는 따뜻한 날씨 덕분이었는지 연애의 마법 때문이었는지 통증 강도가 중간 정도로 줄었다. 하지만 날이 추워지면서 통증이 다시 심해지기 시작했다. 연말의 결혼식이 다가오며 해야 할 것들이 늘어났는데, 내 몸은 점점 더 삐걱거렸다. 그때도 이따금 '이런 상태로 어떻게 계속 살지'라는 생각을 했다. 평생 같이 살고 싶은 사람을 만난 건 분명 행복한 일이었지만, 통증이 있는 몸으로 평생 사는 것은 별개의 문제였다. 행복과 절망의 감정이 항상 공존했다.

아침에는 종종 과호흡 증상이 나타났다. 눈을 떴을 때 숨이 잘 쉬어지지 않았고, 온몸의 근육이 경직되어 움직일 수가 없었다. 그럴 때면 몸을 겨우 일으켜 안정제 한 알을 넘기고 침대에 누워 약효가 나타나길 기다리는 수밖에 없었다.

통증 때문에 우울했고, 통증 때문에 불안했다. 무엇을 하고, 무엇을 하지 않아야 나아질 수 있는지 모른 채 시간이 흘렀고, 그런 내가 우울하지 않거나 불안하지 않기란 사실상 불가능했다. 이 통증이 언제 사라질지 모른다는 것, 이것을 가지고 계속 살아야 할 수도 있다는 것, 오늘도 통증을 견뎌내야 한다는 것이 두려웠다. 그런 몸으로 하루를 버티고 내게 주어진 일들을 해내야 한다는 것이 버겁게 느껴졌다. 특히, 평소보다 해야 할 일이 많거나 좀 더 어려운 일을 앞둔 경우 내 몸은 그 불안감을 끝끝내 과호흡이라는 증상으로 만들어 내보였고, 나는 그렇게 자주 숨을 못 쉬는 상태에 놓였다.

2018년의 내 근무상황부는 엉망이었다. 아파서 학교에 늦게 가는 일도, 아예 못 가는 날도 있었다. 갑작스러운 수업 교체에 응해주신 선생님들께 나는 날이 갈수록 더 죄송해졌고, 12월이 되어서는 정말 면목이 없을 지경이 되었다. 학교에 가지 못했던 날들에 나는 내 수업 시간표를 손에 쥐고 내가 들어가지 못한, 그리고 누군가에겐 갑작스러운 통보였을 수업들을 생각했다. 다음 날이면 무거운 마음으로 시간표 교체 파일을 확인하고 선생님들께 찾아가 감사의 인사를 전했지만, 마음의 짐이 쉬이 덜어지진 않았다. 다른 사람들에게 끊임없이 신세를 지고 민폐를 끼치고 있다는 사실이 너무나도 싫었다. 나는 간절하게 온전한 일 인분의 역할을 하고 싶었다.

수많은 병 조퇴, 병가가 나의 근무상황부를 수놓았지만, 내가 그해를 중도 포기하지 않고 완주했다는 것은 기적 같은 일이었다. 많은 이들의 배려와 도움이 있었기에 가능한 특수

한 상황이었을 뿐 나 혼자서는 절대 온전히 한 사람분의 역할을 할 수 없다는 걸 더 빨리 인정했어야 했다. 그때 멈췄어야 했다.

하지만 몇 번을 다시 돌아가도 내가 2019학년도를 아예 시작하지 않을 방법은 없었다. 내가 한계치에 다다랐다는 것을 다른 이들에게 직접 보여주어야 믿을 것이었기에.

약물 과다 복용 금지

편두통이 며칠째 계속되고, 편두통이 계속되는 기간이 또다시 반복되다 보면 머리에 작은 욱신거림만 느껴져도 다 지긋지긋해진다. 편두통이 단일 사건으로 여겨지지 않고 수십 번, 아니 수백 번 내 눈앞을 캄캄하게 만들었던 기억이 되살아나 진절머리가 난다. 두통 강도와 횟수가 줄어도 편두통은 희한하게 자꾸 지금까지 겪어온 모든 편두통 기억을 들쑤셔 놓는 것 같아 통증 중에서도 최악이다. 그렇게 지독한 편두통에 뇌가 절여지면, 나는 나도 모르게 또 내가 사라졌으면 좋겠다는 노래를 부르고 있고, 무의식중에 약물 과다 복용 시나리오를 써내려간다. 약은 이거랑 저거랑 해서 이만큼… 하고 구체적인 상상을 하다 다행히도 정신을 차리고 계획을 멈춘다. 힘들게 약 한 주먹을 먹어봤자 원하는 바를 이루기 어렵고 부작용으로 두통이나 어지럼증과 함께 깨어날 확률이 높다. 또 다른 두통으로 깨어날 순 없다. 정신이 든다.

아픈 사람들, 그러니까 많이 아프거나 오래 아픈 사람들 치고 약물 과다 복용을 떠올려보지 않은 사람이 있을까. 꼭 즉각적인 생의 마감을 바라는 게 아니더라도 그 순간의 고통에서 조금 멀어지고 싶어서, 잠을 조금 더 길게 자고 싶어서, 고통을 유예하고 싶어서 약봉지를 집어 든 수많은 사람들이 있을 것이다.

2018년의 나는, 말하자면 잠을 좀 더 많이 자고 싶은 쪽이었다. 통증은 잠을 자고 있는 때가 아니면 매 순간 나를 괴롭혔기에, 난 그저 평소보다 길게 자고 싶을 뿐이었다. 죽으려고 한 것은 아니었으나 사실 깨어나지 않는다 해도 상관없다고 생각했다. 일흔 개가 넘는 약을 한 번에 먹는 것은 그런 각오가 필요했다. 그 통증을 가지고 사느니 그러는 편이 더 나을지도 모르는 일이었다. 그때의 나는 그랬다. 당장 통증이 없는 상태이고 싶었다.

약을 먹기 전 약물 과다 복용, 위세척 같은 단어를 검색했다. 요즘엔 약이 좋아서 거의 깨어난다고 했다. 이런 경우에 응급실 비용은 보험 처리가 안 된다고도 했다.

그렇구나. 통증에 극도로 민감해진 나는 그런 사실에는 왠지 모르게 둔감해졌다. 세상에 중요할 것이 없어 보였다. 깨어나지 않으면 어쩔 수 없지만, 결국 깨어나긴 할 것 같다는 마음으로 약을 먹었다. 약이 너무 많아서 배가 불렀고 거의 다 먹어갈 즈음엔 약 냄새에 질려버렸다.

24시간을 꼬박 자고 깨어났다. 일주일을 자진 못했지만, 하루는 잤다. 아무런 부작용이 나타나지 않은 것은 그저 운이 좋아 그런 것뿐이었다. 한 번의 시도를 기준으로 삼으면 안 되는 일이었다.

첫 번째 과다 복용이 아무 탈 없이 끝나자 나는 또다시 어리석은 선택을 해버리고 말았다. 왜 한 번이 행운이었을 거란 생각은 하지 못한 걸까? 두 달 후 나는 다시 많이 아팠고, 내가 선택할 수 있는 의료적 해결법이 아무것도 없어 또 긴 잠 따위를 선택하고야 말았다.

그런 어지럼증은 그 이전에도, 이후에도 겪은 적이 없다. 땅바닥이 흔들리고 제대로 서 있을 수가 없었다. 속이 너무 메스꺼워 어찌할 바를 몰랐다. 그저 물을 많이 먹고 몸속 약들의 효과가 떨어지길 기다리는 수밖에 없었다.

지금의 나는 약물 과다 복용을 보통 싫어하는 게 아니다. 내가 했던 가장 어리석은 일 중 하나라고 생각한다. 하지만 그 이유가 복용 다음 날 느낀 어지럼증 때문은 아니었다.

가려움이 나타나기 시작한 건 한바탕 소동을 벌이고 사흘쯤 지난 후였다. 온 피부가, 모든 살갗이 미친 듯이 가려웠다. 몸에 닿는 내 머리카락이, 공기가, 옷이, 이불이, 가방이, 종이가, 모든 것이 가렵게 느껴졌다. 수면제를 먹고도 한숨도 자지 못할 정도로 끔찍했던 시간이었다. 일주일 내내 날마다 피부과에 가서 항히스타민제를 주사로 맞고, 스테로이드 연고를 바르고 처방받은 약을 먹었다. 일주일 동안 겨우 다섯 시간 남짓 잔 채로 운전하고 일하고 가려움을 버티는 지옥과 같은 시간을 보냈다. 그 일주일은 떠올리고 싶지도, 잘 떠올려지지도 않는다. 잠을 못 자 정말 정신이 없는 상태였기 때문이다.

열흘쯤 지나자 가려워서 아무것도 할 수 없는 단계에서 그나마 세 시간은 잘 수 있는 단계가 되었다. 하지만 나는 그 이

후 가려움을 느끼기 전으로는 다시 돌아갈 수 없게 되었다.

부드러운 옷만 입는 것, 부드러운 이불만 덮는 것, 부드러운 수건만 쓰는 것, 모두 그때부터 지금까지 이어져온 생활 방식이다. 가려움은 이렇게 긴 시간이 지나고도 사라지지 않았다. 그러니 내가 어찌 약물 과다 복용을 후회하지 않을 수가 있을까.

내가 나를 돕기만 해도 모자랄 판에 오히려 괴롭게 만들 수도 있다는 걸 그때 알았더라면 나는 절대 약 뭉치를 집어 삼키지 않았을 것이다. 가려움이 없는 세상으로 다시 돌아갈 수 있다면, 과거의 내 어리석은 행동을 몇 번이고 반성하고 참회할 수 있을 것 같다.

예전 피부과 선생님은 약에 의한 가려움이라면 빨간 반점이 오돌토돌 생기는 약진이 무조건 나타나기 마련이라며, 가려움의 원인이 약은 아니라고 했다. 두드러기도, 알레르기도 아닌 그저 원인을 알 수 없는 가려움증이라고만 했다.

하지만 인과관계는 밝힐 수 없더라도 선후관계는 내가 안다. 약을 먹었고, 며칠 동안 다른 변수는 없었고, 그 이후 가려움이 나타났다. 바로 그다음 날이 아닐지라도 약을 먹은 후에 생전 없던 증상이 생겼으니 나에겐 그 두 가지가 순차적으로 연관되어 일어난 일이라 여겨졌다.

대학병원 피부과에 가본 것은 그로부터 일 년이 지난 다음이었다. 전에 다니던 피부과에서 원인을 찾으려면 대학병원에 가서 모든 종류의 검사를 해보는 게 낫다고 했던 것이 기억났기 때문이다. 피 여덟 통을 뽑고 여러 가지 검사를 했다. 하지만 나는 어떤 화학물질, 일상 물질, 음식에도 알레르기가 없었다.

"혹시 증상이 나타날 때쯤 특별한 일이 있었나요?"
피부과에 와서 통증 이야기를 할 생각은 없었기에 조금 머뭇거렸지만, 머릿속으로 생각을 빠르게 정리하고 최대한 담백하게 이야기를 꺼냈다. 많이 아팠고 오래 자고 싶어서 약을 일흔 개 정도 먹었다. 그게 나의 대답이었다.
의사선생님은 내 손을 잡곤 안쓰러운 눈빛으로 나를 바라보셨다.
"어떤 계기가 생기면 몸이 큰 변화를 겪을 수 있는데 그 파도가 잠잠해지는 데 시간이 오래 걸릴 수도 있어요."
일 년 동안 알지 못했던 내 가려움의 원인을 그제야 알게 됐다. 내 몸속에서 커다란 파도가 일었던 것이다.

가려움은 지금도 항상 그곳에 존재하고, 때에 따라 정도가 심해지기도 한다. 원인이 없는 두드러기의 경우 증상이 나타났을 때 증상 완화를 위한 약을 먹는 대증치료를 하는 수밖에 없다. 그저 맞는 약이 있길 바라며 찾아보는 것 말고는 방법이 없다는데, 나는 아직 맞는 약을 찾지 못한 것 같다. 예고도 없이 가려움이 극심해지는 시즌이 찾아올 때면 나는 막아낼 방도도 없이 그저 세상에서 가장 예민하고 무력한 생명체가 된다. 가려움이 주는 괴로움은 삶을 살 만하지 않게 만든다.

　요즘 저녁에는 취침 전 약 일곱 알, 편두통 예방약 한 알, 피부과 약 두 알, 감기약 네 알을 먹는다. 먹어야 하는 약을 먹는 것만으로도 난 이미 약 냄새에 질려버린다. 또 편두통 주간이 찾아오면 나는 세상에서 사라지고 싶다며 약물 과다복용 시나리오를 떠올릴지 모르지만, 난 다 싫다. 거의 틀림없을 두통이나 어지럼증, 행여나 가려움이 악화되는 것, 그리고 이 지긋지긋한 약 냄새까지. 다신 아무것도 겪고 싶지 않다.

내가 결혼을 하다니

나는 내가 결혼을 못 할 줄 알았다. 결혼을 하려면 연애를 해야 하고 연애를 하려면 약속을 잡아 사람을 만나야 하는데 나는 약속을 잡는 것이 불가능한 상태였기 때문이다. 그런데 수많은 불가능을 뚫고 남편과 만나 결혼을 하게 됐다. 처음 몇 번을 제외하고 남편과는 약속 없이 즉흥적으로 만났다. 그것이 모두 내가 연락을 하면 언제든 달려 나오기 위해 시간을 비워두고 오 분 대기조처럼 주변을 서성거린 남편의 노력 덕분이었다는 것은 나중에야 알았다.

우리는 악기점 사장님 소개로 처음 만났다. 사장님은 한때 클럽도 운영하셨는데 나는 몇 년간 그곳으로 노래를 하러 가곤 했고, 매달 공연 후 뒤풀이를 함께 하며 친해졌다. 오래

전부터 큰 악기점도 운영하고 계셨기에 사랑방처럼 가끔 들러 기타를 수리하기도 하고, 이것저것 구경하기도 하고, 학교 밴드부 물품을 구입하기도 했다.

남편은 그 클럽의 단골이었다. 나는 그를 본 적이 없었지만, 그는 노래하는 나를 본 적이 있다고 했다. 그리고 남편과 사장님은 일주일에 두어 번은 꼭 볼 정도로 가까운 사이였다. 사장님은 우리 둘을 각각 잘 아는 중간 지점이었다. 2018년 어느 날 나는 밴드부의 악기를 고치기 위해 오랜만에 사장님의 악기점에 들렀다. "요새 만나는 사람 없어?"라고 묻기에 없다고 하니 사람을 소개해주시겠단다.

다시 연락을 받은 것은 몇 주 후였다. 좋은 사람이 하나 있다며 소개해준다고 하셨다. 그 후 사장님과 사장님의 부인이 얼굴이나 한번 보자며 어물쩍 불러낸 자리에 남편이 합류했고, 그가 사장님이 소개해주려던 사람이라는 것은 까맣게 모른 채 그냥 즐겁게 대화를 나눴다(하지만 이때 남편은 내가 그 소개팅의 대상이라는 것을 이미 알고 있었다).

그 후에는 그냥 가끔 만났다. 그러다가 친해지게 된 것은 시간이 더 흐른 후, 여름에서 가을로 넘어가던 길목쯤이었다. 내가 연락을 하면 그는 거의 대부분, 아니 항상 시간이 되었고, 그래서 자주 만나 시간을 보냈다. 내 체력이 여의치 않기에 주로 그가 내가 사는 곳으로 왔고, 아파트에서 그네를 타기도 하고 같이 축구를 보기도 했다.

우리는 최애 가수가 같았다. 둘 다 딱 두 명—대중에 많이 알려진 가수 한 명, 인디 가수 한 명—만 덕질 중이었는데, 이 두 사람이 정확히 일치했다. 그것 때문에라도 우리는 할 이야기가 참 많았다. 9월 초입에는 그가 우리의 최애 인디 가수의 지방 공연(우리가 사는 곳)을 추진했다. 둘 다 워낙 오랜 팬이고, 공연에서 안면을 튼 적이 여러 번이라 가수와도 이미 아는 사이였다. 공연을 추진해볼까? 하더니 가수에게 연락을 했고, 공연을 하기로 했으며, 장소도 마련했다고 했다. 장소는 그의 동생이 운영하는 카페였다. 그것을 준비할 요량으로 또 나를 만나러 왔다. 블로그에 글 올리는 것을 도와달라길래, '아니, 이런 것도 혼자 못 하나…'라는 생각을 했지만, 나도 지도를 올리는 데 고전을 면치 못해서 달리 타박하진 않았다(물론 혼자서도 할 수 있는 것을 나와 만나기 위해 굳이 같이하자고 한 것이었다).

그렇게 매일 보다가 그냥 만나는 사이가 아니라 사귀는 사이가 되었고, 정신을 차려보니 결혼식 날짜가 잡혀 있었다.

사귀기 시작한 지 나흘 만에 상견례 날짜를 잡았고, 바로 다음 날 시아버지가 예식장을 알아보러 시내를 다 돌아보시곤 날짜를 몇 개 받아오셨다. 그다음 날에는 예식장을 최종 예약했다. 그리고 이틀 후가 상견례였다. 사귀고 일주일이 되기도 전에 결혼식 날짜를 잡고, 상견례를 하기도 전에 결혼식 예약이 끝나버렸다. 나의 급한 성격과 시아버지의 추진력이 만나 엄청난 시너지 효과를 낸 것이다. 당시 가족도, 친척도, 친구들도 모두 놀랐다. 하지만 가장 많이 놀란 건 바로 나였다.

나는 뭔가를 마음속에 오래 담아두고 있는 것을 견디기 힘들어한다. 해야 할 것이라면 한시라도 빨리하는 편이 낫다. 기다리거나 오랜 기간 고민하는 것은 내 스타일이 아니다. 그 과정에서 받는 정신적 스트레스가 너무 크기에 결정을 빨리하는 쪽을 택한다.

주어진 시간이 짧아 모든 것을 빠르게 결정해야 했는데, 고민할 시간이 줄어들어 그편이 오히려 나았다. 준비 기간이 길어지면 선택의 폭이 넓어지고, 선택의 폭이 넓어지면 고민과 번뇌의 시간만 길어지기 때문이다. 촉박한 결혼 일정은 그저 나의 급한 성격과 아버님의 추진력에 기인한 것이긴 했지만, 내가 정신적·신체적 스트레스를 최소한으로 받으며 결혼을 할 수 있는 방법은 그것이 유일했던 것 같다. 그 모든 의사결정 과정을 육 개월, 일 년 동안 머릿속에 담고 있었다면 결혼도 하기 전에 내 머리가 터져버리지 않았을까. 아무래도 결혼은, 빨리해버리길 잘한 것 같다.

결혼 소식을 알리고 가장 많이 들었던 질문은 당연히도 "설마…?"였다. 하지만 그런 불가피한 이유가 아니면 준비기간을 더 길게 가져야만 하는 것일까. 나는 결혼을 뒤로 미룰 어떤 이유도 찾지 못했다. 이 사람과는 평생 살아도 괜찮겠다는 확신이 이미 있었기 때문이다.

누군가와 평생을 살아도 괜찮을 것 같다는 생각을 한 것은 남편이 처음이었다. 누군가를 좋아하고, 아끼고, 사랑할 순 있지만, 그 감정과 '평생을 함께 살아도 괜찮다'는 느낌이 같이 오는 것은 얼마나 드문 일일까. 심지어 나는 나를 생각해도 종종 지겨워지곤 하는데, 평생 함께하고 싶은 사람이라니.

내 평생 가장 잘한 일은 남편과 결혼한 일이라 생각한다. 같이 살수록 앞으로도 쭉 평생을 함께하고 싶은 생각이 드는 것을 보니 나의 느낌은 틀리지 않은 것이었나 보다.

남편은 종종 장난처럼 나를 키우고 있다고 말한다. 그런데 그게 장난이 아니라 사실이기도 하다. 남편은 나를 먹이고 재우고 방의 습도를 맞춰주며 키우고 있다. 내가 식물을 키우는 것처럼 남편은 나를 돌본다. 통증을 갖고 사는 사람들이 종종 서러워지는 것은 가족이 통증을 이해해주지 못해서라고 한다. 그저 엄살이라고 여기는 경우가 많다는 것이다. 하지만 나는 남편과 함께 살며 그런 외로움을 한 번도 느껴본 적이 없다. 보름달을 보며 남편이 가장 먼저 비는 소원이 무엇인지 나는 안다.

내가 나 다음으로 좋아하는 것은 남편이다. 가끔은 나보다 남편이 더 좋기도 하다. 아파서 자주 휘청거리는 나를 단단하게 잡아주는 그의 따스함과 든든함이 좋다. 그와 손을 맞잡은 채라면 평생을 함께 살 수 있을 것 같다. 평생이라는 단어가 막막하지 않고 우리가 함께할 많은 날들로 여겨져 마음이 넉넉해진다.

죄송하지만 휴직하겠습니다

또다시 새로운 일 년이 시작되었다. 새 학기를 앞둔 2월의 나는 아픈 상태로 담임을 해본 적이 없기에 그 업무에다 매주 두 번의 야간 자율 학습을 버텨낼 수 있을지 두렵고 불안했다. 개학 스트레스는 평소와 비교할 수 없이 커져만 갔다. 동시에 수업 준비를 하며 노트북을 사용하고 책을 보고 글씨를 썼더니 통증이 극도로 악화됐다. 개학 전 나는 안팎으로 최악의 상태였다.

개학을 하고 나자 오히려 불안한 마음은 조금 진정이 되었다. 시작하기 전이 가장 두려운 법이라더니 맞는 말 같았다. 하지만 2월부터 심해진 통증은 사그라들 줄을 몰랐다. 등과 어깨, 목덜미에 파스를 덕지덕지 붙이고, 학교에선 연신 쿨링 젤을 바르거나 손톱으로 목을 꼬집고 누르며 통증을 참아보려 했다. 집에 돌아오면 목과 쇄골에 빨간 손톱자국이 가득했다.

첫 주 목요일엔 새 학기 환영 회식이 있었다. 그날 회식 장소는 처음 가보는 곳이었는데, 이미 학교에서의 긴장과 통증으로 지친 나에게 모르는 곳으로 가는 사십 분의 운전은 꽤 고단한 일이었다. 진입하는 길에 많이 헤맸고, 도착해서는 주차할 자리가 없어 몇 바퀴를 돌았다. 통증과 경직감은 더 심해졌고 뇌에 피가 안 통하는 듯한 익숙한 탈진감을 느꼈다. 터덜터덜 들어가 빈자리에 앉았는데, 내가 늦어서인지 환영회는 이미 시작된 뒤였다. 지칠 대로 지친 나는 절인 배추처럼 기력이 하나도 남아 있지 않았고, 모두를 환영하는 생기 넘치는 그 분위기와 아픈 내가 서글프게 대조되어 순간 서러움이 북받쳐 올랐다. 나는 너무 아프고, 사람들은 너무 밝아서 눈물이 났다. 그렇게까지 울려던 것은 아니었는데, 주변 사람들이 깜짝 놀랄 만큼(나도 놀랄 만큼) 정말 쉬지 않고 울었고, 사람들이 음식을 가져다 먹는 동안 물 한 잔만 마시고는 아무것도 먹지 않았다. 서러움과 그날의 긴장, 피로, 내가 아프다는 사실 자체, 앞으로의 일 년에 대한 두려움이 모두 눈물로 끊임없이 쏟아져 나왔다. 몸에 힘이 하나도 없어 그날은 남편에게 전화를 걸어 나를 좀 데려가달라고 했다.

다음 날은 학교에 가지 못했다.

하루를 참으면 또 하루를 살 수 있지만, 아픈 하루를 버텨내 결국 내게 오는 것은 또 다른 아픈 날일 뿐이었다. 통증과 사투하여 겨우 버텨낸 오늘이, 오늘로 끝나는 것이 아니라 내일도, 모레도 계속되는 것, 그래서 결국 나의 날들은 아픈 날과 더 아픈 날들로만 채워지는 것이 싫었다.

"여보, 내가 이렇게 하루를 버텨. 근데 내일 또 아파. 그럼 아픈 날들만 쌓이는데 나는 어떻게 살아?"
어느 날 퇴근 후 슬픈 눈빛으로 남편에게 말했다.

살면 살 수야 있을 것이다. 그냥 혼자 아프고 홀로 속으로 비명을 지르고 온몸에 파스를 덕지덕지 붙이고 밖에선 웃다가 일과가 끝나고 차에 탈 때에야 비로소 풀썩 주저앉으면서. 아침마다 굳은 몸을 겨우 일으키고, 점심때쯤이면 아찔함을 느끼며 동료 선생님의 농담에 힘겹게 웃어 보이거나 그마저도 못 하면서. 그렇게 살려면 살 수도 있을 것이다. 하지만 나는 두려웠다. 이미 통증을 참으며 일을 해본 나는, 일 년을 했으니 또 할 수도 있는 것이 아니라, 그것이 무엇인지 너무 잘 알아서 배로 두려웠고 이제 그만하고 싶었다. 게다가 통증은 작년보다 악화되었고 이번엔 담임까지 맡았으니 작년보다 더 고통스러운 날들일 것이 분명했다. 도저히 못 할 것 같았다. 할 수 없었다.

그즈음 나는 출근할 때 콜드플레이의 〈Fix You〉를 자주 들었고 '아무리 노력해도 해내지 못할 때(When you try your best but you don't succeed)' 부분에선 항상 울고야 말았다. 아무리 노력해도 도저히 해낼 수 없는 날들이었다.

나는 휴직을 하기로 마음의 결정을 내렸다. 이미 새 학기가 시작되었고, 새 학기를 위한 기간제 교사 채용이 모두 마무리되었으니 그것이 얼마나 큰 파장을 불러올 일인지 나도 잘 알고 있었다. 게다가 고등학교 2학년 담임. 고등학교, 담임, 생활기록부는 불가분의 관계다. 담임이 중간에 교체되는 일은 무엇보다 아이들을 위해 없어야 한다.

그러면 어떻게 해야 할까. 처음엔 한 학기는 버텨보려고 했다. 내가 생각하는 기간의 단위는 모두 학교의 학사 일정에 따른 것이었다. 아이들과 학교에 피해를 주지 않는 것이 가장 중요했기 때문이다. 그러다 며칠 후엔 '중간고사 끝날 때까지는 버텨볼까'로 생각이 바뀌고, 그다음엔 '그래도 1과 끝날 때까지(진도를 맞추기 위해)', 그다음 날엔 '3월까지'로, 통증에 온몸을 얻어맞은 듯 몸을 질질 끌며 집으로 돌아가던 어느 날엔 어차피 그만할 거라면 하루라도 빨리 멈춰야겠다는 생각이 들었다.

아이들에겐 미안한 일이었지만, 그럴수록 빨리 떠나야 했다. 나 대신 누군가, 반 아이들을 맡아 더 건강한 몸으로 온전히 한 학기를 함께하며 '한 사람의 몫'을 할 선생님이 필요했다. 반 아이들이 좋았고, 수업도 수월했다. 하지만 아이들에게 필요한 것은 언제고 무너질 수 있는 나 같은 사람이 아닌 자리를 지켜줄 선생님이었다. 그때의 나로선 어서 자리를 비켜주는 것이 최선이며 내 할 도리를 다하는 거라고 생각했다. 이미 늦어버렸으니 조금이라도 빨리, 하루라도 일찍 말해서 얼른 후임 선생님을 구해야 한다는 생각밖에 없었다. 3월 12일, 새 학기의 둘째 주 화요일이었다.

그다음 날 아침, 과호흡 증상이 나타났다. 내 몸과 마음이 휴직이 받아들여질지 불안해하고 있었다. 두 시간쯤 누워 진정시킨 후 유 원장님에게 갔다(유 원장은 나의 오랜 정신과 주치의 선생님이다).

"아니, 이 시간에 어쩐 일이십니까?"

그는 잠깐 시계를 보고는 약간 놀란 기색으로 내게 물었다. 하지만 그가 그렇게 많이 놀라지는 않았을지도 모른다고 후에 나는 생각했다. 나는 이제 더 이상 못 하겠다고, 버티고, 울고, 열심히 노력하고 있지만, 더는 안 될 것 같다고 나의 설움을 쏟아냈다.

내가 휴직을 하고 싶다고 하자 유 원장님은 스트레스에서 벗어나 통증 관리를 하며 쉬어가는 것은 무조건 좋다고 하셨다. 그는 내가 일을 쉬겠다는 것에 대해 언제나 좋다고 하신다. 그때나 지금이나 변함없이 따뜻하고 다정하게, 하지만 단호하게. 쉴 수 있다면 일은 쉬는 편이 훨씬 낫다고 딱 잘라 말씀하신다.

유 원장님은 처음부터 일 년을 권하셨다. 그 기간이 너무 길게 느껴져 일단 육 개월만 쉬겠다고 한 것은 나였다. 일전에 육 개월을 휴직했을 때 지루하다며 불안해했던 경험이 있었고, 일 년을 휴직하는 것은 마치 일 년 동안이나 낫지 않고 계속 통증에 시달려야 한다는 느낌이 들었기 때문이다. 나는 나아지고 싶었고, 그렇게 긴 시간 동안 쭉 아프고 싶지 않았다. 방법을 모르기에 나을 자신은 없었지만, 낫고 싶다는 바람만은 간절했다.

다섯 달은 짧은 시간이지만 그사이 체력도 보강하고 나에게 맞는 통증 관리법도 찾은 후 다시 학교로 돌아가 2학기를 무사히 마치고 싶었다. 짧은 시간이었는데도 정을 듬뿍 주었던 반 아이들이 보고 싶었고, 무엇보다도 밴드부를 마무리해야 했다. 몇 년간 부대껴오던 3학년 밴드부 아이들이 곧 졸업하는데, 내가 자리를 비울 순 없었다. 연말에 있을 그들의 마지막 무대를 멋지게 준비해주고 싶었다. 나의 음악에 대한 열정을 한껏 불어넣었던 밴드부였으니, 이번엔 나도 노래 한 곡 불러볼까, 하는 생각도 했었다. 나는 정말로 2학기엔 꼭 돌아갈 생각이었다.

병원에서 받은 진단서를 들고 곧장 학교로 갔다. 조금 떨렸지만 내 손엔 진단서가 있었고, 결단을 내리고 나니 마음은 어느 때보다 차분하고 결연했다. 교장실에 교장선생님, 교감선생님, 나까지 세 명이 둘러앉았다. 진단서를 내밀었고, 일순간 그곳에 정적이 흘렀다.

내가 먼저 입을 열어 나의 상황을 설명했다. 작년부터 온몸 여러 부위에 이유를 알 수 없는 통증이 생겼고, 저림이나 작열감 같은 다른 증상도 동반된다는 것을, 그것을 진단서에 적힌 병명인 섬유근육통이라고 부른다고 말씀드렸다. 아마 두 분 다 처음 들어보시는 것 같았다.

"불치병인가요?"

"아직 치료 약이 없어서 말하자면 그렇습니다."

"우선 임 샘 아픈 것이 가장 먼저 나아야 하는데, 지금 학기가 시작돼서 기간제 선생님을 구하기가 매우 어려워요. 담임이 바뀐다는 건 아주 큰 문제이기도 하고요. 학교의 사정이라는 것도 있어요."

학교의 사정. 나를 가장 머뭇거리게 한 것이 바로 그 학교의 사정이었을 것이다. 하지만 나는 이미 더 이상 버틸 수 없는 지경에 이르렀음을, 이런 상황에서 아이들에게 주는 피해를 최소화하기 위해 내가 할 수 있는 최선의 선택은 하루라도 빨리 물러나는 것이라는 걸 설명했다. 서로의 의중은 이해했지만, 대화는 무거웠다. 어쩔 수 없었다. 이미 학기는 시작되었고 나는 담임을 맡고 있었다. 학교가 어렵죠, 그런데 임 샘도 어렵죠, 그러게요, 이런 얘기를 하다 수업 종이 쳐서 대화는 끝이 났다.

휴직하는 과정은 예상대로 순탄치 않았다. 이미 새 학기가 시작돼 버려 기간제 선생님을 구하는 것이 어려웠다. 여러 번 긴급회의가 소집되었지만, 그저 누군가가 지원해주기를 기다리는 것 말고는 뾰족한 방법이 없었다. 그리고 다행스럽게도 모집 기간 마지막 날 찾아와준 고마운 선생님 덕분에 나는 3월 마지막 주부터 휴직에 들어갈 수 있었다. 업무 인수인계를 하던 날, 어리고 여린 눈망울이 맑던 선생님은 연신 불안해하시며 "샘, 돌아오시는 거죠?"라고 물었고, 나는 "네, 9월에 뵐게요" 하고 교무실을 나섰다. 노트북 스탠드나 키보드, 학용품도 모두 그대로 둔 채로.

하지만 나는 육 개월 후에도, 또다시 육 개월이 지난 일 년 후에도, 그 후로도 영원히 돌아가지 못했다. 아니, 돌아가지 않았다.

안녕, 나의 반짝이던 시간들

나는 옷을 좋아했다. 지출의 절반 혹은 그 이상을 옷 사는 데 썼다. 한 주에 같은 옷을 입고 출근하는 일은 거의 없었다. 수업 시간표는 요일별로 짜여 있으니, 같은 요일에 동일한 코디가 중복되지 않도록 신경 썼다. 같은 반에 매주 같은 옷을 입고 가고 싶지 않기 때문이다. 내 머릿속에는 한 주의 수업 시간표와 코디 계획표가 함께 존재했다. 옷 입는 것이 직업도 아니면서 나는 참 유난이었다. 학교 가는 것이 즐겁지 않아도 옷 입는 즐거움으로 아침의 나를 집에서 나서게 할 수 있었다. 옷이라도 원하는 걸 걸치고 싶었다. 그런 재미라도 있어야 그나마 출근할 수 있었다.

내가 옷을 어디서 사는지 궁금해하는 여자아이들이 있었다. 아이들은 워낙 칭찬에 후하니 '패셔니스타' 같은 낯간지러운 호칭을 듣기도 했다. 옷을 잘 입는다는 소리도 꽤 들었지만, 사실 그 정도로 많은 옷을 입어보면 누구나 옷을 잘 입게 될 것이다. 지금 살고 있는 집에 이사 오기 전 투룸에 살았을 때는 방 하나가 온전히 옷으로만 가득 차기도 했다. 방의 온 사방, 바닥부터 천장까지 옷으로 채워지지 않은 곳이 없었다. 인터넷 쇼핑몰 택배는 하루가 멀다 하고 도착했고, 그렇게 옷을 사서 입는 것이 세상 즐거웠다.

그런 나에게 브레이크를 건 것은 이제 옷에 드는 돈을 좀 줄여보자는 다짐이나 더 이상 수납할 공간이 없다는 현실적인 이유가 아닌 몸의 변화였다. 2018년 봄, 나는 통증에서 잠시 달아나고 싶어 수십 개의 약을 털어 넣는 어리석은 선택을 했다. 약물 과다 복용의 부작용으로 얻은 가려움과 피부의 예민함은 쉬이 사라지지 않았고, 나는 매우 부드러운 소재로 만든 옷이 아니고선 입지 못하게 되었다. 옷의 소재가 한정되니 입을 수 있는 옷이 극도로 줄어들었다. 한 번도 상상해본 적 없었던 제약이었다. 그때부터는 더 이상 디자인으로 옷을 고를 수가 없었다. 나는 그저 레이온, 폴리우레탄, 모달, 피치기모 같은 것만 찾아다녔다. 옷을 사랑하던 패셔니스타 자리에서는 자연스럽게 내려오게 되었다. 더 이상 예쁜 옷을 입을 수 없었다. 리넨이나 레이스 같은 단어만 봐도 몸의 촉각이 곤두서는 느낌이었다.

그리고 통증의 시간을 보내며, 그러니까 예전처럼 충분히 운동하지 못하며 나는 당연히 체중이 늘었다. 우리나라의 기성복 사이즈는 참 야박하다. 라지(Large)만 넘어도 옷을 구하기가 쉽지 않다니. 나는 키가 커서 마를 때도 미디엄, 라지 사이즈를 입었기에 우리나라 의복의 '정상 범주'를 넘는 것은 너무 쉬운 일이었다. 빅 사이즈, 게다가 옷의 소재까지 따져야 하는 나는 이제 옷을 사는 것이 매우 어려운 일이 되었다. 세상에 입어보고 싶은 옷이 너무 많아 하루가 멀다 하고 옷 택배를 받고, 자주 가던 인터넷 쇼핑몰에선 VVIP 고객이었던 나는 이제 없다.

그리고 아픈 지 일 년이 지나 나는 옷방 앞에 섰다. 그동안 조금씩 버리긴 했지만, 아끼는 옷이라 차마 버리지 못한 옷들이 남아 있었다. 이미 몇 번의 옷 버리기 시도에도 살아남은 옷들, 언젠간 나아지겠지 하는 기약 없는 희망 때문에 한 발자국도 움직이지 못한 채 자리만 지키고 있는 옷들. 나는 그 옷들을 모두 치워버리기로 마음먹었다.

옷은 나에게 단순한 물건이 아니었다. 그 옷을 입고 갔던 곳, 했던 일, 만났던 사람이 고스란히 떠오르는 감정적인 물건이었다. 내가 그 옷들과 어떤 설렘을, 어떤 떨림을, 어떤 공기를 공유했는지 자꾸 떠올라 눈물이 날 것만 같았다. 마음을 굳게 먹고 옷걸이에서 옷을 하나하나 빼냈다. 내가 아직 건강했을 때 음악 페스티벌에 입고 갔던 옷, 홍대 앞 클럽에서 공연할 때 입었던 옷, 가장 친한 친구 결혼식 때 입었던 옷을 꺼내 차곡차곡 개키는데 마음이 시렸다. 옷을 정리하는 것은, 마치 내가 그 옷들과 함께했던 청춘의 시간을 정리하는 것처럼 느껴졌다. 나의 이십 대와 삼십 대 초반이, 가장 건강했던 나의 모습이, 가장 활발하고 생기 넘치게 이곳저곳을 누비던 나의 시간이 옷에 고스란히 남아 있었다.

한쪽에 따로 넣어두었던 운동복도 챙겼다. 웨이트 트레이닝을 했던 기간이 길었고, 바디 프로필도 찍었다. 그 모든 것이 끝없이 멀고 아득하게 느껴졌다. 언젠간 다시 건강해져 운동을 할 수 있을 거라며 사두고 택도 뜯지 못한 것이 절반이었다. 나의 빛나던 시절과 함께 미련도 같이 상자에 담아버렸다.

거의 삼백여 벌의 옷을 골랐다. 절반은 버렸고, 상태가 좋은 옷들은 따로 잘 접어 박스에 담았다. 옷을 정리하다 보니, 단순히 '아프기 전의 나'가 아니라 청춘의 나와 이별하는 느낌이 들었다. 통증이 하필 아직 청춘이라고도 할 수 있는 서른셋에 와버린 것이 참 얄궂다는 생각이 들었다. 그리고 책상에 앉아 편지 한 장을 썼다. 편지를 쓰고 나서야 비로소 나는 멍하니 생각에 잠겼다가 나의 옷과 나의 시간을 떠나보낼 수 있었다.

안녕, 나의 반짝이던 시간들.

TO. 아름다운 가게

이십 대를 지나서 이제 입을 수 없는 옷도 있지만 대부분은 제가 작년부터 아픈 후 입을 수 없게 된 옷들입니다. 피부가 예민해져서 더 이상은 입을 수 없는 재질의 옷, 아프기 전처럼 열심히 운동할 수가 없어 필요가 없어진 운동복들을 보냅니다. 이 옷들은 저의 건강했고 자유로웠던 시간들의 기록입니다.

언젠가는 다시 입을 수 있을 거라 생각해 쉬이 버리지 못했던 것들이지만, 이젠 마음을 내려놓고 이렇게 다른 이들에게 보냅니다.

옷들을 정리하는 건 저의 빛나던 이십 대 후반부터 삼십 대 초반을 정리하는 듯한 시간이었습니다. 아프고 난 후 많은 걸 포기했지만, 한가득 쌓여 있던 옷들은 아직 놓지 못한 제 마음의 미련 조각들이었던 것 같습니다. 옷장이 비어버린 만큼 설명하기 어려운 허전함과 쓸쓸함이 밀려오지만, 저는 이제 아무 옷이나 입을 수 없는 저 자신을 분명히 더 인정해야겠지요.

저의 건강하고 행복했던 시간들을 이 상자에 담아 보냅니다. 부디 건강하고 행복하세요. 이 옷을 입고 운동도 하고, 친구 결혼식에도 가고, 페스티벌에도 놀러 가세요. 제가 잃은 자유가 누군지 모를 당신들에게 가닿길 진심으로 바랍니다.

2019년 5월

병원에 다니지 않는 환자

"병원은 잘 다니고 있어?"

가끔 안부를 전할 때면 사람들이 묻는다. 내가 오래 아픈 것을 알기 때문이다. 하지만 나는 섬유근육통을 치료하기 위한 병원에는 다니지 않는다.

처음부터 병원에 다니지 않을 생각은 아니었다. 하지만 나는 처음 증상이 발현됐던 한 달 사이에 각종 검사를 진행하며 익셀, 뉴론틴, 리리카, 듀로식 패치 등 섬유근육통의 통증 조절에 쓰이는 약을 거의 다 시도해보았기 때문에 모든 검사 결과가 나온 후 그 병원에선 나에게 해줄 것이 아무것도 없게 되었다. 어떤 약도 내게 효과가 없었기 때문이다. 나에겐 정말 그걸로 끝이었다. 그곳에서 할 수 있는 걸 다 해본 탓에 다른 병원을 찾아갈 이유도, 의욕도 사라졌다.

휴직을 한 이후엔 서울의 대학병원에 가볼까 생각해본 적이 있지만, 서울까지의 이동 자체가 불가능한 미션이라 포기했다. 간다고 해서 내가 새롭게 얻을 치료책도 없을 테고, 그저 세상에 나 같은 사람이 많다는 위안 정도만 받을 수 있을 것 같았다. 하지만 그런 위안이라도 받고 싶어서 그 병원까지 가는 여정을 찾아본 적이 있다. 전국에서 정말 그렇게 수많은 사람들이 몰려와요? 그 사람들은 다 어떻게 살아요? 다들 살아 있어요? 그런 것들을 물어보며 동지애나 안도감 같은 것을 느끼고 싶었던 것 같다.

목이나 어깨의 통증이 전보다 심해질 때는 새로운 병원을 찾아보기도 했다. 내가 사는 도시의 마취통증의학과는 거의 다 가본 것 같다. 하지만 주로 알 수 없는 주사를 놓고 호전되지 않는 이유에 대해선 함구했다. 그저 비싼 비급여 주사를 계속 맞아볼 것만 권유했다.

최신식 기계와 다수의 의료진을 보유했다는 새로 개원한 병원에 갔다. 병원에는 통증·재활이라는 글씨가 창문마다 대문짝만 하게 붙어 있었다. 그곳에선 나의 병력과 현 상태를 청취하곤 여기서 그런 건 안 한다며 나가라고 했다. 단지 목과 쇄골 부위가 아프다고 했을 뿐이었는데, 거의 들어가자마자 쫓겨났다. 홈페이지까지 미리 찾아보며 기대를 품었던 내가 어리석게 느껴질 만큼 그 병원은 형편없었다.

또 다른 마취통증의학과에선 쇄골 아래가 아프다는 내게 자신의 의사 생활 수십 년 중 쇄골이 아프다는 사람은 모 프로야구 선수밖에 본 적이 없다며 의료진을 모아놓곤 나를 희귀한 생명체처럼 바라보았다. 그렇게 탐구하는 척해도 그 병원의 모든 치료는 프롤로 주사로 귀결되었다. 내가 왜 아픈지는 모르겠다면서도 결론은 무조건 프롤로 주사였다. 전부 다른 식으로 별로였지만 모든 마취통증의학과의 공통점은 비급여 주사 치료만 한다는 것이었다. 눈을 깜빡하면 오만 원, 십만 원이 몸에 꽂혔다. 그리고 주로 한동안 마취되어 얼얼하다가 약효가 가시면 통증은 다시 돌아왔다. 굳이 재방문한 병원은 없었다.

섬유근육통이 아무리 치료 방법이 밝혀지지 않은 병이라 한들, 통증과 피로감이 주된 증상이기에 통증은 의료적으로 조절할 수 있지 않을까 기대했던 적이 있었다. 진단명에 나를 처박고 익셀이나 리리카만 처방해주길 원치 않아서 가끔은 진단명을 말하지 않고 가장 불편한 부위와 받고 싶은 치료를 말했다. 이 도시에 있는 병원은 거의 다 가본 것 같은데, 그럼에도 통증 조절에 도움이 되는 치료는 단 한 곳에서도 받지 못했다.

　나에게 오로지 유효했던 것은 취침 전에 먹는 수면제와 각종 안정제였다. 몸이 아프기 전부터 불면증이 있던 터라 수면을 위해 약의 도움을 받아오고 있었는데, 아프고 나니 밤이 되면 통증이 너무 심해 잠들기 힘든 상태가 되었다. 그때 취침 전 약이 없었다면 나는 온몸을 꼬집다 한숨도 못 잔 채 밤을 지새워야 했을 것이다. 수면제가 신경계의 스위치를 끄는 역할을 하다 보니, 통증도 잠잠해졌다. 의도한 것은 아니었지만 수면제로 도움받았던 평화로운 밤 시간이었다.

　수면제로 뇌의 스위치를 끄지 않으면 잘 수 없을 정도였던 건 2021년 봄까지였다. 다시 재활을 위한 필라테스를 시작하며 몸이 조금씩 나아졌고, 취침 전 약을 먹어야만 통증이 옅어지던 느낌도 사라지게 되었다. 애초에 옅어질 필요 없이 통증이 많이 줄었기 때문이다. 이젠 밤이 되어도 예전만큼 몸이 괴롭지 않고, 취침 전 약이 통증 스위치를 끄는 역할을 했던 시기는 지났다.

　가끔 엄마와 통화를 하면, 어디 큰 병원에 가서 다 검사해봐야 하는 것 아니냐는 말을 반복하신다. 하지만 나의 대답은 매번 같았다. "엄마, 나 검사 다 했고 병원 안 가도 돼." 몸이 아파 고향에 내려가진 못하면서 병원은 가지 않아도 된다는 말을 이해하기 어려웠을 것이다. 하지만 나는 분명 조금씩 나아지고 있었다. 답을 찾길 바라며 수십 번 문을 두드렸지만, 병원에서 답을 찾진 못했다. 병원에 답이 없다면 내 몸에 필요한 것이 병원 밖에 있을지도 몰랐다.

홀로 남겨진 임신 초기

계획한 임신은 아니었다. 더 정확히 말하자면 결혼 후 육 개월 정도는 임신이 되어도 상관없다는 쪽이었고, 임신과 출산 과정을 다룬 책 한 권을 읽은 후 내 몸 상태가 나아질 때까지 임신을 무기한 보류하자고 결정한 지 일주일쯤 된 시점이었다.

남편과 나는 2018년 12월에 결혼했다. 그해 2월 섬유근육통이 발병하며 일 년을 이를 악물고 버티며 살았다. 결혼과 동시에 아이 이름을 먼저 지어보던 건 나였다. 별 예외 없는 사회적 기대 속에 자라 결혼과 임신·출산을 동의어로 여겼다. 온몸에 통증이 덕지덕지 붙어 있는데도 임신과 출산을 고려했던 것은 간절하게 쉬고 싶었기 때문이다. 너무 아파서 일을 쉬고 싶은데 도무지 방법이 보이지 않았다. 섬유근육통은 완치가 없기에 치료 기간을 명시하는 진단서를 써줄 수 없다는 이야기를 몇 곳에서 들었고, 그런 나에게 한 아이당 최대 삼 년을 쓸 수 있는 육아휴직은 내가 택할 수 있는 최선의 선택지 같아 보였다. 물론 그것은 단순한 휴직이 아니라 임신과 출산, 육아를 위한 시간이기에 아파서 쉬고 싶다는 내가 육아휴직을 선택하는 것은 어리석은 생각일 뿐이었다. 하지만 그런 어리석은 생각이라도 하지 않으면 일에서 벗어날 도리가 없었다.

섬유근육통 환자들은 가족이나 주변 사람들에게 자신이 아픈 것을 증명하는 것에 어려움을 겪는다. 이해는 바라지도 않지만, 겉으론 멀쩡해 보이니 믿어주지도 않는다. 나도 그런 것들에 지쳤고, 진단서를 받느라 이곳저곳에서 씨름하는 것 말고 그저 모두가 인정해주는 이유로 일을 좀 쉬고 싶었다.

경험하지 못한 자의 무지를 일깨우는 데는 먼저 간 사람의 지식과 책이 큰 도움이 된다. 7월 초, 송해나 작가의 《나는 아기 캐리어가 아닙니다》를 읽고 나는 그제야 임신과 출산의 민낯을 보게 되었다. 임신과 출산은 그 자체만으로도 신체적 고통이 큰 일이며, 아픈 내가 감당하기란 불가능에 가깝다는 걸 깨달았다.

2학기 복직을 고민하던 때도 사실, '이러다 임신이 되면 별 고민 없이 육아휴직을 쓸 수 있을 텐데'라고 생각하기도 했다. 하지만 책을 읽고 나는 바로 마음을 고쳐먹었다. 내 몸에서 무슨 일이 일어날지에 대해 미리 예상해보자 지금의 몸 상태로는 임신과 출산을 절대로 감당할 수 없다는 결론이 나왔다. 휴직 생각에 마음이 급했던 것은 나였고, 남편은 처음부터 내 몸을 걱정했다. 우리는 둘 다 한 일 년 정도는 임신은 미뤄두고 약도 맘껏 써보며 나의 건강 회복에만 집중하자고 했다.

그러고 열흘쯤 지나 임신 사실을 알게 된 것이다. 임신 계획이 없다며 가려움증을 치료할 요량으로 대학병원에서 한 달 치 약을 받아온 지 이틀, 학교에 휴직 연장 서류를 내고 온 지 겨우 하루가 지난 날이었다. 멍했다.

산부인과에 가서 임신을 확인하고 유 원장님에게도 가서 임신 사실을 알렸다. 그는 축하한다며 열 달 후에 보자고 말했다. "약은 이제 먹으면 안 되나요?" "네." "그럼 이제 어떻게 자죠?" "임신을 하면 호르몬 때문에 잠이 잘 올 겁니다. 아마 그 어느 때보다 통증도 훨씬 나을 거예요." 그는 자꾸 뭐가 다 괜찮을 거라고 하는데, 하루아침에 내 건강의 가장 큰 조력자를 잃은 나는 별로 괜찮지가 않았다.

양가 부모님께 연락을 드렸다. 모두 축하해주셨다. 웃으며 좋아하시니 우리도 조금 웃음이 났다. 엄마는 나에게, 너 그 약 먹는 거 어떻게 하냐고 물으셨다. 병원에 이미 갔다 왔고 이제 안 먹을 거라고 하니 안심하셨다. 내가 약 없이 어떻게 통증을 견딜지, 어떻게 잠을 잘 수 있을지에 대해선 아무 걱정도 하지 않으셨다.

임신 사실을 알고 나서 첫 번째 밤이 되었다. 평소엔 아홉 시쯤 취침 전 약(수면제+몇 가지 안정제)을 먹었는데 약효가 발휘되기 시작하면 통증을 조금 덜 느낄 수 있었다.

수면제를 먹고 잠이 들기까지의 그 두 시간만이 나에겐 하루 중 유일하게 아프지 않은 시간이었다. 통증은 주로 하루의 끝을 향해갈수록 점점 더 맹렬해졌고 저녁쯤 되면 나는 정말 아파서 잠도 못 잘 지경이 되었다. 그럴 때 취침 전 약을 먹으면 나는 하루에 두 시간만은 그나마 살 만했다. 그 어떤 진통제도 효과가 없었고, 불면증 때문에 먹는 약이 의도치 않게 통증 조절에 도움을 주었다. 통증환자로 살아온 지 이 년 남짓, 나의 유일한 믿을 구석이자 통증 조절 도구는 취침 전 약뿐이었다.

그런데 이제 약을 먹을 수가 없었다. 시간이 갈수록 통증은 심해졌다. 열 시, 열한 시, 열두 시. 아파서 잠도 못 자고 엉엉 우는 나를 보며 남편은 그냥 약을 먹자고 했다. 그날은 약을 먹었다.

다음 날, 운동센터에 가서 임신 소식을 전했다. 나중에 산후 필라테스를 하러 오라고 했다. 나의 건강 조력자가 이렇게 또 떠났다. 나에게 웃으며 축하한다고 하는데, 지금 이렇게 몸 상태가 엉망인 내가 임신한 것이 대체 축하받을 일인지 알 수가 없었다.

세상엔 이상한 설화 같은 것이 떠돈다. 애를 낳고 나니 체질이 바뀌어 잔병치레를 하지 않는다는 둥, 임신하면 다 괜찮아진다는 둥 하는 이야기. "저희 누나도 맨날 여기저기 아프다더니 애 낳고 나선 하나도 안 아프다던데요?"라고 속없이 웃으며 말하는 동료 남자 교사를 볼 땐 한숨이 나왔다. 그런데 그런 이야기를 몇몇 여성들에게서도 듣게 되자 나와 남편은 그 이야기를 조금은 믿고 싶어졌다. 그럴 수밖에 없었다. 이미 임신은 돌이킬 수 없는 사실이니 내가 임신과 출산 이후 체질이 격변하는, 그러니까 긍정적으로 변화하는 사람들 중 하나이길 바라는 수밖에 없었다. 임신과 출산을 겪고 몸이 바스러진 여성들이 더 많은 것 같았지만, 그래도 혹시 모르니까. 백 명 중 하나일지라도 내가 운이 좋은 경우일 수도 있으니 우린 그런 가능성을 믿으려고 했다.

그날 밤엔 약을 먹지 않았다. 먹지 않아야 하는 거라면 자꾸 허용하면 안 될 것 같았다. 당연히 잠은 오지 않았고 통증도 시간이 갈수록 심해졌다. 단 한 순간도 쉬지 못한 나의 신경계는 아무 방어막 없이 온몸의 통증을 그대로 다 느꼈다. 한숨도 못 자고 밤을 새우는 건 아프기 전에도 힘든 일이었다. 아픈 이후엔 처음이었는데, 이렇게 구 개월을 더 살아야 한다는 것이 끔찍했다. 불면증은 오래전부터 있었다. 잠을 자지 않고는 살 수 없을 것 같았다. 그리고 통증은 잠을 잘 때만 멈췄다. 그런 쉼표 없인 살 수 없었다. 울면서 내가 살기 위한 결론을 내렸다.

밤을 꼬박 새우고 병원 문 여는 시간에 맞춰 유 원장님에게 갔다. 나는 잠을 한숨도 자지 못했으며, 약을 먹지 않으면 통증 조절이 불가능하므로 못 하겠다고 했다. 목적어를 흐렸다. 그는 엄마의 몸이 버티지 못한다면 그런 아기는 자연적으로 사라지기 마련이라며 무슨 일이 있더라도 '내가' 결정을 내려서는 안 된다고 했다. 그것이 나에게 평생 트라우마가 될 것이라고 했다.

임산부에게 허용된다는 약들로 처방을 받아 병원을 나왔다.

본격적으로 임신 초기에 접어들며 묘하게 서글펐던 것

은 임신 초기 증상이 내가 원래 가지고 있던 섬유근육통 증상과 크게 다르지 않다는 것이었다. 보통 몸살과 미열로 임신을 알아차린다는데 그건 이미 내가 기본값으로 가지고 있는 증상이었다. 손발이 저리고 금세 지치는 것도 마찬가지였다. '임신 초기 증상'으로 검색해 수백 개의 글을 읽으며, 나는 이런 것들을 그냥 일상으로 달고 살았다는 것이 조금 서러웠다.

입덧이 꽤 빨리 시작되었다. 오 주 차쯤. 게다가 나는 빈속이면 울렁거리고, 먹는 동안에도 속이 답답하고, 먹고 나서는 소화가 잘 안 되는 입덧, 먹덧, 체덧에 토덧까지 있었다. 냄새에 민감해졌음은 말할 필요도 없다. 어찌나 식욕이 도는지 아침에 일어나 24시간 배달음식점에 음식을 주문해 먹기도 하고, 생전 먹지도 않던 마카롱을 많이도 먹었다. 어지러움, 울렁거림 같은 괴로운 임신 초기 증상을 다 겪었다. 평범한 임신부 생활을 7월 말까진 했던 것 같다. 입덧 약을 먹지 않으면 집 안에서 걷는 것도 힘들었지만, 그래도 그건 남들도 겪는 것이니 그럴 수도 있다고 생각했다. 그나마 평범했다. 그리고 8월 초 주말, 두통이 시작됐다. 그 두통이 내 인생 최악의 통증일 줄은, 내 몸의 편두통 인자를 처음으로 발현시킨 사건일 줄은 그땐 짐작도 하지 못했다.

최악의 임신성 두통

열흘 동안 여러 병원과 응급실에 갔지만, 그곳에서 만난 의료진이나 119 대원들의 얼굴은 하나도 기억나지 않는다. 두통 때문에 눈을 뜰 수 없었기 때문이다.

그건 분명 처음 느껴보는 통증이었다. 머리가 깨질 것 같았고, 조이면서 심장박동처럼 욱신욱신했다. 임신 출산 카페에 '두통'을 검색해서 관련된 글을 찾아 읽다가 얼마 후엔 그마저도 못 하게 되었다. 눈을 뜰 수가 없었다. 빛을 보면 두통이 더욱 심해져 온 집 안을 어둡게 만들었다. 움직일 수도 없었다. 말도 거의 하지 않았다. 움직이고 말을 하면 뇌가 터져버릴 것 같았다. 나는 어둡고 조용한 곳에서 가만히 숨죽인 채 모든 고통을 온몸으로 느끼며 그저 버티고 있었다. 단 한 순간도 괜찮지 않았다. 아침에 눈을 떠서 잠이 들 때까지 단 일 초도 두통이 느껴지지 않는 순간이 없었다. 이전까지 겪어본 적 없는, 말로만 들었던 편두통 증상이 나타나고 있었다. 그냥 두통이 아니었다. 분명 편두통이었다.

임신부에게 허용되는 유일한 진통제인 타이레놀은 먹어도 아무 효과가 없었다. 타이레놀은 가장 낮은 단계의 진통제이다. 이런 두통에 아무 소용 없는 것은 너무나 당연한 일이었다. 남편에게 산부인과에 전화해서 통증 때문에 가지고 있던 울트라셋(중등도의 급만성 통증에 사용하는 진통제. 타이레놀보다 상위 단계의 진통제이다)을 먹어도 되냐고 물어봐달라고 했다. 산부인과에서는 그 약을 먹지 말고 큰 병원 응급실에 가라고 했다. 그래서 가까운 A 대학병원 응급실에 갔다.

응급실에 도착해 몇 가지 검사를 했다. 피검사, 소변검사 같은 기본적인 것들. 하지만 검사에선 정상 소견이 나왔고, 병원에선 타이레놀 수액만 주었다. 트라마돌(울트라셋과 비슷한 종류의 진통제)을 맞을 수 없냐고 했더니 안 된다는 것이었다. 당연히 타이레놀은 전혀 효과가 없었다.

시간이 지나도 전혀 나아지지 않았다. 이틀 후 밤엔 다니던 산부인과에 갔다. 눈도 뜨지 못하고 남편의 부축을 받으며 들어선 나를 본 그날 당직 의사는 많이 놀랐다. 임신성 두통이 있긴 하지만 이렇게 심한 경우는 처음이라며 대학병원 신경과에 가보라고 했다. 임신부라 어차피 타이레놀만 주는 것 아니냐 재차 물으니 대학병원은 약을 좀 더 다양하게 쓸 수 있을 거라고 했다. 병원에 오가는 것이 너무 힘들었지만, 일말의 희망을 가지고 신경과 외래 진료를 받아보기로 했다.

다음 날 아침 곧장 A 대학병원 신경과로 갔다. 그런데 교수의 태도가 가관이었다. 나와 눈도 마주치지 않은 채 모니터를 응시하며 무심하게 마우스 스크롤만 내렸다. 임신 때 이런 경우가 많은지, 약을 먹을 수 있는 게 없는지 물었지만, "입원해서 MRI를 찍어보시죠"라는 말 말고는 별다른 대답을 하지 않았다.

그 와중에 입원이 가능한지는 확인도 하지 않은 상태였다. 입원을 하라더니 밖에 있는 간호사는 자리가 없는데 무슨 입원이냐며 나를 무작정 응급실로 보냈다. 그런데 응급실에선 두 시간이 넘도록 내가 왜 그곳에 있는지를 몰랐고, 몇 번이고 신경과에서 입원 병동에 자리가 없어 일단 응급실에 가 있으라 했다고 설명했지만, 응급실 의료진들은 그런 전달을 받은 적이 없다는 말만 반복했다. 화를 낼 기운도 없었다.

병실에 올라간 건 대여섯 시간이 지난 후였다. 병실은 너무 밝았고 사람들은 이야기를 하고 있었다. 어둡고 조용한 곳에 있다고 아프지 않은 것은 아니었지만, 밝고 시끄러운 곳에선 몇 배로 더 아팠다. 간호사가 꽂아주는 수액 몇 가지를 맞으며 몇 시간을 누워 있자 한참 만에 앳돼 보이는 전공의가 왔다. 힘들게 입을 열어 타이레놀이 아닌 센 진통제를 좀 달라고 했다.

"태아에게 무리가 가서 안 됩니다."
"…그럼 저한테 무리가 가는 건요?"

서러웠다. 눈도 못 뜬 채 몇 시간째 고통을 호소하는 나는, 눈앞에 실재하는 나라는 사람의 안위와 건강은 전혀 고려대상이 아니었던 걸까.
엎친 데 덮친 격으로 얼마 있다 다시 와서는 MRI 기계가 고장이 났다며 언제 검사를 할 수 있을지 알 수 없다고 했다. 차라리 어둡고 조용한 집에서 편히 쉬는 게 낫겠다 싶어 퇴원했다.

그런데 다음 날 또 응급실에 오고 말았다. 병원 따윈 다시 오지 않겠다고 결심했으면서 결국 또 오게 된 것이다. 두통은 점점 심해졌고 도저히 그대로는 살 수 없을 것 같았기 때문이다. 검색해보니 편두통 약은 임산부 금기 2등급이었고,

'명확한 임상적 근거 또는 사유가 있는 경우 부득이하게 사용'할 수 있다고 명시되어 있었다. 아직 MRI를 찍지 못한 상태이므로 그런 부득이한 상황에 해당되어 약을 받을 수 있길 바라는 마음이었다.

또다시 밝고 시끄러운 응급실 한가운데 누웠다. 빛과 온갖 소리의 공격으로 정신이 혼미해졌다. 얼마간 기다리다 드디어 뇌 MRI를 찍었다.

그리고 한 시간 후 결과가 나왔다. 아무 이상이 없다고 했다. 전형적인 편두통이라고 했다. 그러면서 타이레놀을 주겠다고 했다.

"선생님." 나는 개미 소리만 한 목소리로 그에게 말했다. "타이레놀은 편두통에 소용없는 거 아시잖아요."

"임산부에게 드릴 수 있는 약이 타이레놀밖에 없어서요."

그가 떠났다. 그는 응급의학과 전문의였을까, 신경과 전문의였을까. 모르겠다. 눈을 뜰 수 없었으니 누구의 얼굴도 기억나지 않는다.

남편에게 말해 의사를 불러달라고 했다. 편두통 약을 달라고 했다. 못 준다고 했다. 계속 못 준다고만 했다. 난 내가 얼마나 아파야 약을 받을 수 있는지 알 수 없었다. 언제까지

이 지옥에 살아야 하는지 정말 미칠 것만 같았다.

"2등급 약이잖아요."

하고 싶은 말이 많았지만 힘겹게 입을 열어 꼭 필요한 한 마디를 했다. 그러니 약을 달라고. 이것은 부득이한 상황이라고, 나는 약이 필요하다고 온몸으로 표현하고 있었다.

"그건 불법이라 드릴 수가 없습니다."

불법이라고? 언제부터 내 몸이 불법의 영역이 된 걸까. 이 극심한 통증에서 벗어나기 위해 약을 하나 먹는 것이 불법이 되는 논리라니. 아파서 병원에 왔는데, 모두 다 응급해서 이 응급실에 와 있는데, 나만 치료를 못 받고 있었다. 나만, 나만.

난 죽고 싶지 않았다. 하지만 그 두통을 계속 겪고 있으면 내가 죽을 것 같았다. 나는 몇 번 거절당한 후에도 계속 의사를 불러 편두통 약을 달라고 말했다.

"태아에게 기형의 위험이 있습니다. 그런 위험도 감수하시겠다는 겁니까?"

법적인 책임을 묻지 않겠다는 약속을 한 후에야 편두통 약을 처방받을 수 있었다. 집에 돌아왔고, 실랑이 끝에 겨우 받아낸 편두통 약을 먹었다. 두통이 가라앉길 기다리며 이제야 조금 마음을 놓으려던 참이었다. 십 분쯤 지났는데 뭔가 이상했다. 다리에 힘이 풀리고 안면에 설명할 수 없는 통증이 시작되었다. 숨이 잘 쉬어지지 않았다.

"여보, 이상해, 나 이런 적은 없었는데."

처음으로 119를 불렀다.

아주 짧게나마 희망을 가졌다. 아, 이젠 이렇게 죽을 것 같으니 합법적으로 임신 중단을 할 수도 있지 않을까. 이제 이 모든 고통에서 벗어날 수도 있지 않을까. 눈을 감고 누운 채 구급차를 타고 병원으로 옮겨지며 잠시 그런 생각을 했다.

나는 구급차에 실려 한 시간 전의 응급실로 다시 돌아왔다. 약에 대한 부작용 반응인 것 같다고 했지만, 임신부였기에 역시나 할 수 있는 것이 아무것도 없었다.

나는 남편에게 더 이상은 못 하겠다고 했다. 평생에 이런 두통은 없었고, 이것이 임신, 정확히는 임신 시 분비되는 호르몬 때문일 거란 합리적 의심이 들었다. 산부인과에서도 분명 임신 중에 심한 두통이 나타나는 경우가 있다고 했다. 그리고 그 문장이 나에게 이런 끔찍함으로 현실화된 거라면 나는 그 원인을 제거하는 것밖엔 방법이 없겠다고 생각했다.

남편도 이제 그만하자고 했다. 그만하자고. 우리는 내가 살길 간절히 바랐다. 나를 잃지 않기를 진심으로 바랐다. 응급의학과 전문의를 불러 상황을 말하고 임신 중단에 대해 물으니 불법이라고 했다.

불법. 대체 산모가 얼마나 아파야 합법적인 임신 중단이 가능할까. 죽기 전엔 불가능할 것 같았다. 생명의 가능성만큼이나 그 가능성을 품은 모체의 생명은 더 중요하게 여겨져야 할 것 같은데 세상은 전혀 그렇게 돌아가지 않았다.

"임신부는 의료계의 고아"●라는 말이 실감 났다. 그날 나는 응급실에서 몇 번이고 홀로 남겨졌다.

며칠 뒤 100이었던 두통의 강도가 80쯤 되었다. 그다음 날이 팔 주 차 검진일이라 산부인과에 갔다. 그날은 눈을 뜰 수 있었다. 두통 때문에 산부인과를 찾았을 때 의사 선생님의 얼굴을 처음으로 보고 인사를 나눴다.

의사 선생님은 초음파를 보더니 심장이 뛰지 않는다고 했다. 충격의 말은 하나도 나오지 않았다. 바로 다음 날로 수술 날짜를 잡았다. 병원을 나와 바로 앞 카페에서 아무 말 없이 스무디를 마시다 남편에게 말했다.

"그래도 내 몸에서 뭔가가 죽기를 바라진 않았는데."

그때 조금 울었다. 그 후로는 조금도 울지 않았다.

소파술(긁어냄술)은 빠르게 끝났다. 회복은 꽤 오래 걸렸

● 《의사는 왜 여자의 말을 믿지 않는가》, 마야 뒤센베리 지음, 김보은 · 이유림 · 윤정원 옮김, 한문화, 2019.

다. 임신 출산 카페에 후기를 남기는 사람들이 별로 아프지 않다고 쓴 것은 너무 아팠던 사람은 후기를 쓸 정신이 없었기 때문이 아니었을까 하는 생각이 들었다. 난 후기를 쓸 여력이 없었다.

두통은 놀랍게도 유산을 알게 된 전날부터 줄어들어 한 달 동안 하강 곡선을 그렸다. 임신을 위한 호르몬이 몸에서 완전히 사라지는 데는 그 정도의 시간이 걸린다는 글을 어디선가 읽었고, 그러니 나는 그 두통이 임신 중 분비되는 어떠한 호르몬 때문이었을 거라는 확신을 가질 수밖에 없었다. 임신을 하여 두통이 시작되었고, 임신이 종결되자 두통도 사라졌다.

그해 8월과 9월은 잘 기억이 나지 않는다. 죽은 듯 살았고, 산 듯 죽어 있었다. 체력은 돌아오지 않았다. 하지만 통증은 바로 돌아왔다.

2부

통증이
일상이야

좋아하는 일을 해도 통증은 있다

사람들은 종종 통증에 대한 이상한 오해를 한다. 바로 좋아하는 일을 하면 아프지 않을 거라는 것인데, 스트레스를 받으면 더 심해지지만 좋아하는 일을 한다고 있던 통증이 사라지진 않는다. 통증은 그 자리에 있고, 나는 그저 하고 싶은 일을 할 뿐이다.

한창 다이어리 꾸미기에 빠져 있던 때였다. 인터넷으로도 이미 한 트럭을 샀지만, 직접 보고 사고 싶어서 일주일에 한두 번쯤은 스티커를 사러 나갔다. 왕복 삼십 분 정도의 거리라 돌아올 땐 등이 쪼개지는 듯한 느낌이었다.

"스티커 사러 갈 땐 안 아프시지 않나요?"

그즈음 병원을 찾았을 때 유 원장님이 그렇게 묻자 나는 할 말을 잃었다.

"아니요!"

나는 이런 흰소리를 하는 인간은 처음 본다는 눈빛으로 반문했다. 좋아하는 일을 한다고 해서 어떻게 통증이 사라지겠느냐며, 오히려 움직여서 더 아프기만 하다고 말했다. 원장님은 알아줄 거라 생각했는데, 나의 통증에 대해 온전히 이해하고 모든 것을 알고 있는 사람은 내가 유일한 것 같았다.

쓸쓸한 마음으로 터덜터덜 집에 돌아와 섬유근육통 동지인 제자 강현에게 메시지를 보냈다.

—오늘 정신과 샘 진료받고 왔는데 내가 힘들어도 스티커 사러 일주일에 두 번은 외출한다고 하니까 그땐 안 아프지 않냐고 하는 거야. 그래서 아니요, 아픈데요. 그랬어.

—ㅋㅋㅋㅋㅋㅋㅋㅋㅋㅋㅋ 아프지. ㅋㅋㅋㅋㅋ 그땐 안 아프지 않냐는 질문, 되게 웃기다.

오랫동안 마음의 위안을 받아왔던 원장님에게 예상 밖의 말을 들어 속상한 날이었지만, 공감해주는 동지가 있으니 마음이 든든해졌다. 그건 정말 웃긴 질문이었다. 그땐 안 아프냐고? 그땐 안 아프냐니? 어떻게 그땐 안 아프죠? 그게 얼마나 말도 안 되는 소리인지 우리는 알고 있었다.

그로부터 일 년이 지난 후 나는 문구점 작업에 열중하고 있었다(문구점 관련 이야기는 150쪽에 나온다). 만성 편두통이 두 달째 이어지며 매일을 고통 속에 살고 있던 나는 생각이 멈추질 않아 얼마 전부터 심리 상담을 받고 있었다. 손 수술로 문구점을 닫았다가 프린터를 고치고 문구 작업을 다시 시작했다고 말했다. 상담 선생님은 문구 이야기를 하는 내 눈이 어느 때보다 빛나 보인다며 그래도 작업을 할 때는 머리가 덜 아프지 않냐고 물었다.

"아니요!"

나는 또 일 년 전 표정을 지었다. 문구 작업을 하면 계속 생각하고 고민하면서 머리를 쓰니까 두통이 더 심해진다고, 안 아픈 게 아니라 아픈 머리를 잡고 그냥 하는 것뿐이라고 말했다.

내 마음을 고치러 간 곳에서 자꾸만 오해를 받자 힘이 빠졌다. 내 통증이 그저 내 신체에 오롯이 실재하고 있다는 걸 믿어주길 바랐다. 악화되긴 쉽지만 완화되는 것은 그렇게 간단한 문제가 아니라는 걸 알아주길 바랐다.

좋아하는 일을 해서 정말 통증이 없어진다면 얼마나 좋을까. 하고 싶은 일을 하면 통증이 사라질 거라고, 그렇게 단순히 말하면 좀 속상해진다. 실제로는 아무리 좋아하는 일이라도 통증 때문에 못 하는 경우가 훨씬 더 많기 때문이다.

처음 이 년은 목을 숙일 수 없어 책을 읽지 못했다. 기타를 칠 수도 없었고, 편두통 때문에 그 좋아하는 티브이 드라마 보기도 그만두었다. 글씨 쓰는 자세가 어깨 통증을 악화시켜 좋아하던 만년필 필사도 멈춘 지 꽤 되었다. 공연을 할 수도, 보러 갈 수도 없었다.

좋아하는 일을 해서 잠깐 기분이 좋아질 순 있다. 하지만 잊을세라 통증은 금세 존재감을 드러낸다. 아예 포기하거나 몸에 무리가 되지 않을 만큼만 적당히 하게 되었다.

스트레스를 심하게 받으면 몸 상태가 무조건 악화된다. 반대로 좋아하는 일을 해서 스트레스를 덜어내 몸이 가벼워진다면 참 좋겠다. 정말 그럴 수만 있다면 나는 종일 노래하고 기타 치며 글을 쓰고 드라마를 몇 편이고 내리 보다 행복하게 잠들 수 있을 텐데. 하지만 그런 일은 모두 통증으로 이어진다. 통증을 악화시키지 않고도 할 수 있는 일은 마음 편히 가만히 누워 음악을 듣거나 팟캐스트를 듣는 일 말곤 찾지 못했다. 그렇게 몸을 완전히 이완하는 일 말고는 아프지 않고 할 수 있는 일이 없다.

하고 싶은 일을 한다고 통증이 사라지진 않는다. 그건 마법이 아니다.

2020년 어느 봄날

아침엔 일찍 깨는 편이다. 눈을 뜨자마자 온몸에 통증과 피로감이 느껴진다. 저녁마다 편두통 예방약을 먹은 지 삼 주는 넘은 것 같은데, 아침부터 두통이 있는 경우도 허다하다. 이럴 거면 예방약이 다 무슨 소용이람. 이런 생각을 하며 두통약을 먹는다. 새벽 대여섯 시쯤 깨면 비몽사몽 상태로 주방에 가 전기포트에 물을 올린다. 몇 달째 일상의 루틴이다. 음양탕(끓인 물과 찬물을 섞어 마시는 것)이라는 말은 제자 강현에게 처음으로 들었는데, 그 이후론 거의 날마다 마시고 있다. '샘, 음양탕 꼭 마셔요. 지금 일어나서 가서 마셔요.' 매일 아침 물을 끓일 때마다 그 아이의 목소리가 들리는 것 같다. 아픈 이후로 인생의 많은 것들을 덜어내야 했지만, 누군가의 사려 깊은 말은 더 명료하게 남는다. 강현은 내가 아끼는 밴드부 제자인데, 나처럼 섬유근육통을 갖고 있어 떠올리기만 해도 마음이 저릿하다.

여덟 시 반쯤 남편이 나가고 나면 나는 취미 생활을 하는 2번 방에서 느릿느릿 하루를 시작한다. 책상 앞에 멍하니 앉아 무엇을 먼저 할지 생각한다. 사실 고민할 것도 없이 요새의 우선순위는 항상 글쓰기이다.

글은 아침에 쓰는 편이 낫다. 글을 쓰지 않고 있으면 뭔가 중요한 일을 하지 않은 것 같은 찜찜함에 시달리기 때문이다. 그리고 요샌 그나마 아침의 에너지가 하루 중 제일 낫다. 몸의 체력은 마치 게임 캐릭터의 에너지 바처럼 시간이 지날수록 급격히 뚝뚝 떨어진다. 그러므로 꼭 해야 할 일이라면 일찍 하는 편이 낫다. 예전엔 주로 일을 미루는 편이었는데, 아프고 난 이후엔 이렇게 되었다.

글은 처음엔 보통 손으로 쓴다. 이후 타이핑하며 한 번 고치고, 출력하여 또 고치고, 노트북으로 수정한 후 또 출력하는 과정을 반복한다. 아무리 작년보다 나아졌대도 고정된 자세는 목과 어깨, 특히 견갑골에 극심한 통증을 유발하기에 길게 쓸 수는 없다. 쓰는 도중엔 찜질팩과 마사지기의 도움을 받지만, 아무리 길어도 한 시간쯤 글을 쓰면 무조건 누워서 쉬어야 한다. 그래서 한 번 출력을 하고 나선 누워서 글을 읽다가, 고칠 게 너무 많아 도저히 안 되겠다 싶으면 다시 일어나 자판을 두드리고, 또 너무 힘들어서 다시 눕는 것을 반복한다. 웬만하면 점심 전엔 글쓰기를 끝낸다.

점심쯤 되면 남편에게서 연락이 온다. 여보, 뭐 해? 밥은 먹었어? 영양제 먹었어? 혼자서 글쓰기나 책 읽기, 다꾸에 집중하다 보면, 밥 먹는 시간을 잊을 때가 많다. 남편에게 연락이 오면 그제야 밥 시간이라는 것을 깨닫고 점심을 먹는다.

점심을 먹고 머리를 감는다. 머리를 감는 것이 힘들어서 짧은 머리로 자른 지는 이미 오래되었다. 첫해에는 단발로, 그러다 머리가 자라면 또 어깨쯤 단발로 자르는 것을 반복하다 올 2월엔 커트 머리로 잘라버렸다. 이렇게 편한 줄 알았다면 진작에 자를 것을. 머리를 감고, 말리고, 그 무게를 지탱하는 데서 오는 피로를 더 일찍 덜어냈으면 좋았을 것이다. 머리를 감거나 샤워를 할 땐 꼭 의자에 앉는다. 이런 일상 활동에 에너지를 소모해서는 안 되기 때문이다.

머리를 감은 후엔 머리도 말릴 겸 산책을 한다. 피로감이 심해 걷는 것이 쉽지 않지만, 어떻게든 나갈 구실을 만들어본다. 오늘은 날씨가 좋으니까, 햇살에 머리를 말리면 편하니까, 아이스크림을 하나 사 먹고 싶으니까 같은 소소한 이유들.

그리고 내가 산책을 나왔다고 하면 누구보다도 기뻐해주는 나의 사람, 그의 얼굴을 생각하며 힘을 내본다.

산책은 아파트 단지를 벗어나지 않는다. 같은 삼십 분이라도 언제든 집으로 돌아갈 수 있는 집 언저리에 머무는 것이 마음이 편하다. 같은 거리인데도 큰길 하나 건너 번화가로 나가면 왠지 몸이 몇 배로 더 지치는 기분이다.

섬유근육통의 양상은 항상 변한다. 나는 작년까진 통증이 미친 듯이 우세하다가 올 2월부터는 극심한 피로감이 토네이도처럼 나를 덮쳐버렸다. 작년엔 천천히 걸어도 십 분이면 다 돌았던 아파트 단지를, 요새는 삼십 분이 걸려 한 바퀴를 돈다. 다리가 아픈 것은 아닌데 그냥 힘이 없다. 마치 전날 등산이나 소풍을 다녀온 사람처럼 극심한 피로를 안은 상태로 계속 살아가고 있다.

얼마 전 길에서 어느 노인의 걸음을 본 적이 있다. 그는 매우 느렸고 힘겨워 보였다. 그곳은 이 도시의 가장 번화한 백화점 근처였고, 많은 사람들이 빠른 걸음으로 그를 지나쳐 갔지만, 나는 그에게서 눈길이 멈췄다. 그 모습을 나도 본 적이 있다. 다름 아닌 나에게서.

나는 걸음이 빨랐다. 우리 식구는 아빠부터 엄마, 오빠까지 모두 걸음이 빨랐고, 횡단보도에선 다른 이들을 뒤로한 채 선두로 길을 건너곤 했다. 내 친구들은 나에게 누가 쫓아오는 것도 아닌데 왜 그렇게 빨리 건너냐고 했다. 그러게, 누가 쫓아오는 것도 아니었는데, 나는 왜 그리 빨리 걸었을까.

지금의 나는 신호등의 초록색 막대가 두세 개 정도 남았을 때에야 겨우 길을 다 건넌다. 예전엔 항상 막대가 절반쯤 남았을 때 길을 다 건넜기에 신호가 너무 길다고 생각한 적이 많았다. 내가 너무 협소한 시야를 가지고 살았음을 반성하게 된다. 그리고 횡단보도 앞에 멈춰 선 운전자들이, 내가 늦게 서야 뛰어들었다고 오해하지 않길 진심으로 바라게 된다. 난 항상 처음부터 걷고 있었다. 그것도 아주 온 힘을 다해.

산책 중엔 자주 쉰다. 아파트 단지 내 산책을 선호하는 이유 중 하나도 이것 때문이다. 곳곳에 앉거나 누워 쉴 수 있는 벤치가 많다. 내가 산책을 나오는 시간은 주로 어린이집이 끝나는 시간이라 놀이터에선 아이들의 웃음소리가 들린다. 어린아이들은, 언젠가부터 다른 관점으로 부러워하게 됐다. 아직 통증이나 피로가 들어앉기 전의 무(無)의 몸 상태. 그런 것을 몰랐던 아주 어렸을 적이 그리울 때가 있다. 하지만 문제는, 그때가 너무 까마득해 몸에 통증이나 불편한 감각이 느껴지지 않는 게 무엇인지 기억조차 나지 않는다는 것이다.

걸을 때면 자주 생각한다. 내가 복직할 수 있을까. 복직하면 일을 할 수 있을까. 계단을 오르내릴 수 있을까. 교실에서 마음껏은 아니더라도 일에 지장이 없을 정도로 걸을 수는 있을까. 아마 하루를 버텨내고 일하는 것은 할 수 있을 테다. 어차피 교사는 아픈 걸 아프다고, 집안에 우환이 있다고, 힘든 일이 있다고 티를 내는 직업이 아니다. 교실은 무대와 같다고 십여 년 전 임용고사 면접 때 내가 그렇게 답했다. 그러니 일을 다시 하게 되면, 나는 예전처럼 통증을 숨기고 내가 해야 할 일을 열심히 할 것이다. 내가 두려운 것은 그다음이다. 지금도 하루를 무리하면, 그러니까 한 시간 외출할 것을 두 시간 외출해버리면 그것을 회복하는 데 꼬박 며칠이 걸리기도 한다. 그렇다면 단순한 외출도 아닌 교사 일을 하는 것은 어떨 것인가.

사실 별로 상상하고 싶지 않다. 예상치 못하게 외출이 길어지는 날, 바깥에 있는 시간이 정말 힘들기도 하지만 더 힘든 것은 후폭풍을 견뎌내는 그 이후의 시간들이다. 한 시간은 하루가 되고, 두 시간은 일주일이 되기도 한다. 그렇게 오래도록 심한 독감에 걸린 듯 꼼짝도 못 하는 것은 괴롭다.

이제 석 달 남짓이 남았다. 나는 더 나아질 수 있을까. 매번 한 학기 단위로 휴직을 했기에 언제까진 꼭 나아져야 한다는 날짜를 받아놓은 기분이라(하지만 기분이 아니라 그것이 사실이다) 마음이 항상 촉박했다. 육 개월을 쉰다고 하면 마음이 편한 것은 처음 두 달 정도였다. 하지만 이런 시한부 휴직도 그저 감사한 일이다. 직업을 잃게 되는 경우도 얼마나 흔한가. 하지만 내가 일을 하지 않았다면 안 아프지 않았을까. 병 주고 약 주는 것이 아닌가, 라고 생각하다가도, 그래도 병만 주는 것이 아니라 약도 주니 다행이네, 하며 생각을 멈춘다.

산책을 하면 꼭 쉬어야 한다. 몸이 천근만근이다. 산책을 하고 돌아올 즈음엔 택배가 집 앞에 놓여 있거나, 곧 택배가 올 시간이 되기에 조금 쉬다가 새로 온 것들을 뜯어보고 써보다 보면 남편이 퇴근한다.

혼자 있을 때는 끼니때를 잊기도 하고 식욕이 그다지 돌지도 않는데, 남편과 밥을 먹을 땐 왠지 맛있게 많이 먹게 된다. 오 년 전, 결혼을 하기 전의 내가 미래의 운명의 사람에게 보내는 노래를 만든 적이 있었다. 〈나에게 와주오〉라는 제목의 그 노래에 '푸근하고 맘씨 좋은 내 사람과 따뜻한 밥을 먹는 일'이라는 가사를 썼는데, 그것이 예언과 같은 것이었는지 나는 매일 푸근하고 맘씨 좋은 내 사람과 따뜻한 밥을 먹고 있다. 저녁을 먹고 둘이서 이야기도 하고 티브이도 보다가 어느새 각자 할 일을 한다. 사실 남편은 말을 하다가도 어느 순간 잠이 들어버리고, 나는 잠든 남편에게 말을 몇 번 걸어보다가 2번 방으로 들어가 취미 생활을 시작한다.

밤에는 다이어리를 펼친다. 왠지 하고 싶은 날엔 스티커와 마스킹테이프를 이용해 다꾸를 더 하기도 하고, 어떤 날은 아무것도 꾸미지 않고 그냥 일기만 쓰기도 한다. 요새 만년필의 세계에 발을 들여놓았더니 손과 팔에 힘을 덜 주고도 글씨를 쓸 수 있게 되어 글쓰기가 훨씬 수월해졌다.

그렇게 취미 생활을 하다 보면 어느새 졸음이 턱 끝까지 내려온다. 그때쯤 나는 하고 싶은 것을 하기 위해 입으로는 잠이 안 온다며 거짓말을 하는데, 남편이 와서 보면 거의 잠들기 직전의 표정을 하고 있다. 여보, 지금 완전 졸린데? 라는 말에 아니야, 아니야, 라고 서너 번쯤 현실을 부정하다가 나도 그 잠을 못 이길 정도가 되면 안 되겠어, 으아아아, 라며 1번 방(침실)으로 달려간다.

방에 들어가면 남편이 이미 나를 위해 가습기를 틀어놓아 공기가 포근하다. 나는 베개를 다리 쪽에 놓고, 항상 듣는 취침용 음악을 정말 내 귀에만 겨우 들릴 정도의 볼륨으로 틀고는 삼십 분 예약을 맞춰놓는다. 요샌 뼈가 시려서 수면 양말, 발 토시도 신고 손목을 위해 팔 워머도 잊지 않고 착용한다. 내가 잠들기 바로 전 의식을 모두 마치고 침대 맡 스탠드까지 끄면 남편이 내 볼에 손을 대며 "여보, 오늘도 수고했어요." "여보, 오늘 산책도 하고 운동도 하느라 고생 많았어요." "사랑해요, 여보" 등등의 따뜻한 말들을 해준다. 따스함까지 받고 난 후 노래를 한두 곡쯤 듣다 보면 잠이 든다. 그렇게 지친 하루가 끝난다.

나는 이제 학교를 그만둔다

글을 쓰기 시작한 것은 2020년 봄이었다.

글에서 통증의 패턴을 발견한 것은 글을 쓰고 겨우 한 달쯤 지났을 때였다. 나의 통증은 두 해 전 2월에 시작해 매년 2월에 더 악화됐다. 세 번이나 2월에 주저앉는 내 몸을 그냥 모른 척할 수는 없을 것 같았다. 통증이 매번 악화된 시기가 하필 2월이라는 걸 발견했을 때, 나는 오랜 거짓말이 탄로 난 것만 같았다. 새 학기, 학교, 담임. 애써 괜찮다고 부정하며 십여 년을 버텨왔지만 내 몸은 새 학기가 시작되기 전이면 겁에 질려버렸던 것 같다. 내가 십여 년간 겪은 온갖 트라우마가 쌓여 내 몸은 2018년 2월의 어느 날 작동을 멈췄다.

아플 수 있는 이유가 많을 거라고 생각했다. 혹은 없을 수도 있다고 생각했다. 그냥 랜덤으로 안 좋은 몸에 걸려버린 거겠지. 내 직업과 연관이 있을 거라곤 생각하고 싶지 않았다. 오랜 마음앓이나 상처더미 같은 것이 나를 아프게 만들었다고 생각조차 하고 싶지 않았다. 그냥 다 묻고 모른 척 살고 싶었지, 이렇게 수면 위로 내 문제를 다시 꺼내고 싶진 않았다.

하지만 문제는 스르르 떠올랐다. 물속 바위에 잠깐 눌려 있었던 것처럼 펜으로 바위를 몇 번 휘적휘적하자 나의 곪은 속사정이 그대로 물 위에 떠오르고 말았다.

나는 항상 '어서 나아서 학교 일을 해야 할 텐데'라고 생각했지, 그 '학교 일'이 원인일 것이라고는 꿈에도 생각하지 못했다.

꿈에도 생각하지 못했다는 것은 어쩌면 거짓말일지도 모른다. 나는 교사가 되고 싶었던 적이 없었다. 교사가 된 이후에도 이것이 나에게 맞지 않는 옷이라는 것을 단박에 알아차렸다. 나는 의외로 민감한 사람이었다. 책과 음악을 좋아하고 감성적이며 눈물이 많다. 학교에서 그렇게 다양한 사람들에게 그렇게나 수많은 상처를 받을 수 있다는 것을 몰랐다. 나는 살기 위해서 교무실 책상 서랍에 안정제를 넣어두었다. 밤 열 시에 학생 가정방문이 끝난 후 집에 돌아가다 교통사고가 난 적이 있다. 생애 첫 교통사고였다. 그 후 삼 년간 퇴근할 때 그 길로 가지 못하고 더 먼 길로 우회했다. 공무상 재해를 신청했으나 외상이 아니라는 이유로 거절당했다. 재심사도 받아들여지지 않았다. 과호흡, PTSD, 급성 스트레스 장애. 모두 인정받지 못했다.

"일을 그만두는 건 어떻습니까?"

내가 유 원장님에게 그 말을 처음으로 들은 것은 2020년 봄날이었다. 2월만 되면 아팠다며, 학교 스트레스가 아픈 것과 연관이 있는 건 맞는 것 같다고 말해놓고도 나는 꽤 오래 망설이고 있었다. 그의 말을 듣고 처음엔 소스라치게 놀랐다. 손사래를 쳤다. 직업 없는 삶에 대해선 생각도 해보지 않았다면서, 지금도 돌아갈 곳이 있으니 이렇게 마음 편하게 휴직을 하고 있는 게 아니겠냐고 말했다. 공무원, 안정성, 연금 같은 것들. 교사를 그만둔다는 것은 나에겐 불가능의 문장으로 여겨졌다.

교사를 그만두고 싶었던 적은 수없이 많았다. 하지만 내게 딱히 다른 대안이 없음을 알고 길을 떠났다 돌아온 것이 여러 번. 서른셋이 되었을 즈음엔 이제 그만 이곳에 정착해야겠다는 마음이 들었다. 나는 이제 이 일에도 꽤 익숙해졌고 할 만하다고, 정말로 괜찮다고 생각했다.

돌이켜 생각하니 아프기 시작한 것이 그때쯤이었다. 내가 도전을 포기하고 학교에 다시 돌아왔을 때, 그리고 이젠 그런 것들을 하지 않고 이 맞지 않는 옷을 평생 입고 살겠다고 나 자신을 속이기 시작했을 때 내 몸이 신호를 보내왔다. 아프지만 않는다면 학교 일쯤은 정년 때까지 할 수도 있다고 생각했다. 뒤집어 말하면 통증만큼이나 싫었던 것이 학교 일이었다는 소리다. 그런데도 나는 깨닫지 못했다. 내 통증의 원인이 내 직업이라는 것을. 그렇게 나는 이 년여의 시간을 보냈다.

유 원장님에게 처음으로 학교를 그만두길 권유받은 이후 정말로 교사를 그만둬도 되는 것인지, 남들은 그렇게 되고 싶어 안달이라는, 부모님의 자랑인 교사를, 그러니까 그 교사를 정말 그만둘 수 있을 것인지 끊임없이 고민했다. 그게 가능한 문장일까. 하지만 나는 내 글들이 가리키는 2월을 무시할 수 없었다. 통증이 보내는 신호를 모른 척할 수 없었다. 내 몸을 그대로 내버려둘 수 없었다. 글쓰기는 결국 내가 살아온 인생의 절반을 흔들었다. 학교를 그만두기로 결심했다.

그저 마음을 먹었을 뿐이다. 그리고 며칠 후 나는 금요일에 열리는 아파트 장터에 무려 세 번이나 갔다 왔다. 수박 한 통을 들고 왔고 커다란 화분을 샀다. 국거리와 떡과 과일을 샀다. 그러고도 몸살이 나지 않았다. 이상했다. 평소의 나라면 장터를 한 바퀴 도는 것조차 지치는 일이었는데.

어느 날 문득 생각해보니 내가 전보다 많이 움직이고 있었다. 움직일 수 있었다. 십오 분이 걸리는 병원에 걸어갔다. 그마저도 걷지 못해 차를 탔고, 그때는 운전도 하지 못해 남편이 데려다주곤 했다. 걸어갈 수 있게 되었고, 돌아올 때 이전처럼 온몸이 깨어질 듯 힘들지 않았다.

그렇게 학교를 그만두겠다는 결심으로 몸이 나아지는 행복한 전개만 눈앞에 펼쳐질 것 같았다. 그런데 나는 다시 몇 주를 앓았다. 학교를 그만두는 것이 내 통증을 해결하는 열쇠라고 생각했는데, 왜지? 난 왜 다시 아프지? 왜. 대체 왜?

나는 학교에 출근하지 않던 그해 2월에도 통증이 악화됐다. 진단서를 마련하고 기간을 예측해 휴직을 신청하는 일련의 과정들이 나에게 개학 못지않은 스트레스로 다가왔다.

학교를 그만두기로 결심했다고 해서 모든 문제가 끝난 것이 아니었다. 질병휴직을 언제까지 쓸 것인지, 내가 교사를 그만두는 것을 가족들에게 어떻게 설명해야 할지 아직 넘어야 할 산들이 남아 있었다. 그 산들을 모두 넘어야 비로소 괜찮아질 수 있을 것 같았다.

7월 초, 교육청 담당 장학사와 통화를 했다. 나는 일 년 반을 쉬었고, 내년에 다른 병명으로 휴직이 가능한지를 문의했다. 여러 번 읽은 복무지침에는 동일 질병으로 이 년의 병휴직이 가능하다고 나와 있었다. 하지만 그는, 병명이 다르다 할지라도 그것이 이전 질병과 관련이 있다고 판단되면 휴직 신청이 거절될 수 있으며, 권고사직을 명할 수도 있다고 말했다.

"학생의 학습권이 중요하지 않습니까. 교사가 휴직을 하면 학생의 학습권이 침해당할 수 있으니까요."

그래서 학기 구성 전 휴직 신청을 하고 대체 교사를 선발하는데 무엇이 문제라는 것인지 이해할 수 없었다. 그는 교사 임용 시 신체검사서를 내지 않느냐고 말했다. 나는 교사 일을 하며 아프게 된 것 같다고 말했지만, 그가 "그래서 공무상 병가를 신청하셨습니까?"라고 말하자 더 이상 그와 이야기하고 싶지 않아졌다.

"일단 육 개월 안에 나아지면 되지 않습니까."

내가 평생을 안고 갈 상처를 받았다는 것을 이 사람에게 어떻게 이해시키겠는가. 섬유근육통이 그런 간단한 문제가 아니라는 걸 어떻게 설명하겠는가.

전화를 끊고 한동안 소리 내어 엉엉 울었다. 내가 학교에서 일한 세월이 서럽고 억울해서 울었다. 억울해서 참을 수가 없었다. 뭐? 내가 학교에서 일하느라 이렇게 아픈데 이제 나를 내친다고?

이미 그만두기로 마음먹었지만 쫓겨나는 것은 또 다른 의미였다. 그와의 통화로 이번 연도의 휴직이 끝나면 바로 그만두기로 마음먹었다.

엄마에게 전화를 걸었다.

"엄마, 나 이 년 이상 아프면 권고사직이래. 그만두래. 병만 주고 약도 안 주고 쫓아내."

나는 그만두겠다고 했다. 내년 1월쯤 진단서를 또 떼고 그 진단서가 교육청에 가고 또 알 수 없는 어딘가 기관에 가고 그 판정을 기다리고 아마도 거절당한 뒤 권고사직 따위를 당하고 싶지 않다고 했다. 얼마 전 학교를 그만두기로 마음먹은 후 몸이 괜찮아졌다고도 말했다. 내가 아팠던 이유는 학교였다고, 바로 이게 내가 나아질 수 있는 열쇠라고 말했다.

엄마는 생각보다 담담했다. 학교를 그만둔다고 결심했을 때 가장 우려했던 부분이 엄마를 설득하는 일이었는데, 예상과 달리 별다른 말을 하지 않았다. 딸이 이 정도 아팠고, 이 정도 억울하니 이젠 어쩔 수 없는 일이라는 생각을 하신 걸까. 통증은 내 인생의 가장 괴로운 손님이면서 다른 괴로운 것들을 피할 수 있는 구원이기도 했다.

엄마에게 내 상황을 설명했다는 것, 학교를 그만두는 것으로 갈등을 빚을 일이 없을 거라는 것, 휴직 때문에 더 이상 교육청과 실랑이하는 일이 없을 거라는 것. 비로소 내 몸은 다시 나아졌다.

마지막 휴직을 위한 진단서를 받기 위해 병원에 갔다. 육 개월의 기간이 명시되어야 한다고 말하자 원장님은 보통은 삼 개월씩 경과를 보고, 육 개월은 정말 회복하기 어려운 경우에만 쓴다고 말씀하셨다. 육 개월 진단서를 낸 후 일을 다시 하게 되는 건 이치에 맞지 않는다고 하셨다. 나는 육 개월 후에는 완전히 그만둘 것이므로 상관이 없다고 말했다. 나는, 나의 그 단호함이 몹시 마음에 들었다.

그즈음 나는 취미로 하던 것을 일로 확장시켜 나의 문구 브랜드를 만들었다. 8월의 어느 날, 유 원장님은 내가 이렇게 활기 넘치는 모습은 정말 오랜만에 본다며 활짝 웃으셨다. 나도 웃었다. 그곳에서 울지 않은 것이 정말 오랜만이었다.

"예전에 음악 할 때 같습니다."

하고 싶은 걸 할 때의 모습. 나는 그 모습을 하고 있다고 했다.

"저는 하기 싫은 걸 해서 아팠던 걸까요, 하고 싶은 걸 안

해서 아팠던 걸까요?"

"둘 다죠."

입에서 나온 순간 나도 그렇다고 생각한 질문이었다. 하지만 하고 싶은 일을 병행했다 한들 학교에 있는 한 내가 아프지 않을 도리는 없었을 것 같았다. 나는 그 일을 하며 절대 온전히 나일 수 없었다.

학교를 그만두기로 했다. 사범대 시절부터 교사 시절까지, 길게는 거의 십오 년을 나를 괴롭혀온 고민에 종지부를 찍었다. 앞으로 내가 무슨 일을 할지는 알 수 없었다. 하지만 적어도 병이 되지 않을 일을 할 것이라는 것만은 분명했다. 나는 이제 학교를 그만둔다.

재활 운동을 시작하다

몸 전체를 관통하는 근육의 통증을 해결하기 위해 치료적 운동을 해야 한다는 생각이 절실했다. 아직 답을 찾아본 적은 없지만, 반드시 운동으로 나아져야 한다는 희미한 확신이 있었다. 일반적인 운동은 할 수 없었다. 이런 내 몸으로도 할 수 있는 운동을, 이런 내 몸을 데리고도 같이 운동해줄 운동 선생님을 찾아야만 했다.

재활을 목적으로 고안된 필라테스가 내게 도움이 되지 않을까 하는 생각이 들었다. 목이 처음으로 아팠던 시기에 한 곳을 찾아갔으나 딱히 답을 얻지 못했다. 그 후엔 내가 아프기 전에 PT를 받았던 트레이너를 찾아갔는데, 그가 여전히 나를 건강했던 예전의 나로 인식한다는 게 문제였다. PT는 아픈 몸으론 할 수 없는 운동이었다. 2019년에 휴직을 하면서는 좀 더 본격적으로 운동할 곳을 찾아보기 시작했다. 필라테스와 물리치료사를 키워드로 온 도시를 검색했다. 딱 두 곳이 나왔다. 그중 한 곳에서 임신을 알기 전까지 운동했다. 몸 상태가 호전되지 않아 유산 후 다시 운동을 시작해야겠다는 마음이 들었을 때 그곳은 다시 고려하지 않게 되었다.

그해 가을에는 주민센터에서 요가 수업을 들었다. 첫날 자기소개를 시키는 바람에 의도치 않게 쉰 명이 넘는 회원들의 나이를 알아버렸는데 삼십 대는 둘뿐, 모두 오십 대에서 칠십 대였다. 하지만 그곳에서 제일 무력한 것은 가장 어린 나였다.

나보다 인생을 두 배는 더 산 분들도 척척 해내는 동작을 나는 통증과 온몸을 감싸는 피로감 때문에 할 수가 없었다. 그 사실이 서글퍼서 자꾸 눈물이 났다. 요가를 하다가 울 줄은 몰라서 휴지를 가져가지 않았기 때문에 곤란해졌다. 남의 속도 모르고 요가 선생님은 자꾸 지금껏 살아온 인생을 생각해보라고 해서 나는 내가 왜 이렇게 됐는지 생각하다 점점 더 눈물을 펑펑 흘리고 말았다. 내가 뭘 잘못했을까. 대체 내가 뭘. 내가 왜. 왜.

단체 운동은 하지 않기로 했다. 나는 그런 절망감을 다시 마주할 자신이 없었다. 그즈음 나온 이승환의 노래 〈30년〉이 머릿속에 자꾸 재생되어 내가 삼십 년을 더 살아도 요가교실 회원들의 나이밖에 되지 않는다는 사실에 좌절했다. 인생이 너무 길었다.

다시 운동할 곳을 찾아다녔다. 자세 교정, 척추 교정 같은 키워드를 검색하며 이런 곤란한 상태의 환자와 같이 운동해 줄 운동 선생님을 찾아헤맸다.

미국의 대학에서 박사학위를 받았다는 카이로프락틱 강사에게는 거절당했다. 그럴듯하게 돌려서 말했지만 어렵고 효과도 확실하지 않을 케이스를 굳이 맡고 싶지 않다는 것이 그의 진심이었다.

집 근처의 요가원에 갔다. 아파도 일단 하면 나아진다고 말하는 직원의 말에 의구심이 들었다. 아프면 운동을 할 수 없다. 나는 보통 사람들이 하는 동작을 같이 따라 할 자신이 없었다. 운동하면 다 괜찮아질까. 괜찮아져야 운동을 할 수 있을 터였다.

그러다 지금의 운동 선생님을 만나게 되었다. 2020년 1월, 통증 카페에서 우연히 한 도수치료학회의 마스터 자격증을 가진 물리치료사들의 현재 근무지 목록을 보게 되었다.

내가 사는 곳에 단 한 분이 있었고, 필라테스센터를 운영하는 중이었다.

사실 그 센터 이름은 처음이 아니었다. 임신 전 온갖 검색 끝에 찾았던 필라테스센터 두 곳 중 내가 다니지 않은 다른 한 곳이었다. 이미 일곱 달 전 홈페이지를 살펴보며 가볼지 고민하다 다른 후보에 밀린 곳이었다. 운동을 시작한 후, 더 일찍 오지 못한 게 아쉽다고 말하면 그는 "만날 때가 돼서 만난 거예요. 더 전에 만났으면 제 실력이 아직 부족했을 수도 있었을걸요?" 하는 도인 같은 소리를 하곤 했다. 처음 그 센터의 홈페이지에서 강사의 운동하는 사진을 보고 '혼자서도 닦는 사람 같네'라고 생각했던 것이 어느 정도 틀리진 않았던 것 같다.

전화를 걸어 센터를 찾아갔다. 이번에는 거절당하지 않았다. 병원이나 운동센터를 처음 방문할 때면 언제나 그랬듯 A4용지에 내 증상을 적어갔고, 그는 통증 기록을 읽은 후 나에게 한마디를 했다.

"그동안 어떻게 사셨어요?"

울고 싶지 않았는데, 그 말에 울컥했다. 나는 버텼다고, 어떻게 살았는지 기억이 없다고 했다. 죽을 것 같았는데 그냥 버텼고, 집 밖에도 못 나갈 것 같다가 지금은 집 밖엔 나올 수 있는 상태가 돼서 이렇게 재활할 곳을 찾으러 다니고 있다고 말했다. 그와 대화하며 나는 처음으로 통증을 이해하는 사람을 만났다는 생각이 들었다.

그는 통증이 정말 없어진다고 말했다. 그렇게 말하는 사람은 처음이었다. 하지만 그 본인이 팔조차 들지 못했던 상태에서 수년의 재활로 통증에서 벗어났고, 이제는 다른 사람을 고쳐주는 일까지 하고 있으니 믿지 않을 도리가 없었다. 나는 그의 말이 믿고 싶어졌다.

1월에 세 번을 나갔다. 그러고 나서 2월, 몸 상태가 악화되어 집 밖으로 한 발짝도 나가지 못하는 상태가 되었다. 두 달을 쉬고 4월에 한 번 나갔다. 그러고 나서 세 달을 쉬었다. 그해 상반기는 그저 단 오 분의 산책도 어려운 상태였다. 운전하면 겨우 십오 분 남짓인데 그걸 할 수가 없었다.

재활 운동을 다시 시작할 수 있게 된 건 7월이었다. 학교를 그만두기로 완벽하게 마음먹은 후였다. 그제야 나는 다시 운전을 하고 일주일에 한 번의 운동을 버틸 수 있게 되었다.

한 번 나가고 두 달을 앓아눕는 나를 그가 기다려줄지 의문이었다. 규정에 맞지 않는다고 거절한다 해도 어쩔 수 없

다고 생각했다. 하지만 그가 나를 포기하지 않아줘서 다행이
라고 생각했다. 고마웠다.

　—선생님, 저 다시 운동하려고 하는데 다음 주 오후에 시
간 괜찮을까요?

　세 달 만의 문자에 그가 일주일 전 연락한 듯 답장을 해주
었다. 우리는 그렇게 다시 재활을 시작했다.

　운동은 단순했다. 그가 나의 몸을 요리조리 누르고 풀고
교정한 뒤 나는 딱 한 동작을 했다. 하루에 한 동작만으로도
나는 그날의 기력을 다 소진했다. 손으로 몸을 치료하는 것
이 꽤 아파서 그것을 견뎌내고 운동의 근육통에서 벗어나는
데만 이삼 일은 걸렸다.

　이야기는 많이 하지 않았다. 그는 무뚝뚝한 편이었고, 나
는 말하는 것을 좋아하지만, 교정이 매우 아팠기 때문에 말
을 하는 것이 굉장히 어려웠다. 하지만 이 통증이 낫긴 하는
건지, 지금의 나는 무엇을 해야 하는지 물으면 그는 어느새
수다쟁이가 되어 같은 말을 귀에 인이 박이도록 반복했다.

　"지금 회원님한테는 다른 거 하라고 안 하잖아요. 일단
체력이 올라오는 게 중요해요. 일주일에 두 번 운동할 수 있
을 정도가 되면 통증 없어지는 건 금방이에요. 걸으세요. 무

조건 하루에 삼십 분 걸으세요. 바른 자세로 생활하는 게 중요해요. 근데 지금은 그게 안 될 거예요. 통증이 있으니까요. 24시간 안에 회복하기 시작하면 괜찮아지고, 괜찮아지면 나아져요. 천천히 가면 돼요. 급할 거 없어요. 오래 아프면 통증을 그냥 동반자라고 생각하면 돼요. 근데 정말 없어져요. 없어집니다. 나아지는 게 아니라 그냥 없어져요."

사실 난 삼 년을 갖고 온 통증이 사라진다는 말을 믿기 어려웠다. 하지만 없어진다고 확언하는 이가 있으니 믿고 싶었다. 그런 말은 백 번이고 천 번이고 믿고 싶었다.

"걸으세요. 무조건 걸으세요. 통증, 정말 없어집니다."

나와 같이 운동해줄 재활 선생님을 삼 년 만에 찾았다. 그렇게 나는 처음부터 다시 걷기 시작했다.

몸이 절인 배추처럼 무거워

몸이 무겁다. 침대에 몸이 붙어버린 것만 같지만 따뜻한 차를 마시기 위해 힘겹게 부엌으로 향한다. 전기포트에 물을 올리고 기다리는 일이 분 남짓의 시간, 나는 서 있지도 못하고 바닥에 털썩 주저앉아버린다. 몸에 힘이 없다. 바닥에 웅크려 앉아 싱크대에 등을 기대야만 나는 겨우 버틸 수 있다.

온몸이 쑤시고 팔다리가 천근만근이다. 아니, 갈비뼈도 등도 아프다. 감각이 느껴지지 않는 곳이 없다. 몸에 전기코드를 꽂아놓은 것 같다고 느낀 지는 오래되었다. 주로 사지 끝으로 갈수록 저림 증상이 심했는데, 저림과 관련된 질병은 모두 음성이었다.

섬유근육통의 증상은 다양하지만, 가장 큰 두 줄기는 근육 통증과 전신 피로감이다. 그런데 이것은 우리가 생각하는 운동 후 근육통과 다르고 고된 하루를 보낸 어떤 '피곤한' 날과는 다르다. 그렇게 해석해버리면 수많은 섬유근육통 환자들은 그냥 엄살쟁이가 되고 만다.

내 몸 상태를 어떤 단어로 설명해야 할까. 상상도 할 수 없을 만큼 무거워, 라고 말하는 것은 어차피 상상도 할 수 없을 것이다.

절인 배추 같은 상태라고 표현하기 시작했다. 몸통에 물을 잔뜩 머금어 무겁게 축 늘어져 배추 본연의 파릇함을 잃은 상태. 섬유근육통은 마치 그런 상태로 살아가는 느낌이다 (자매품으로 데친 시금치라고 비유하기도 한다). 절인 정도가 매일 다르긴 하다. 굉장히 괜찮을 때는 겉절이 정도였다가 어떤 날은 절여놓고 몇 달은 잊은 채 방치해둔 상태 같다.

몇 년 전, 그런 심한 상태였던 적이 있다. 솔직히 무리하긴 했다. 물론 아픈 후의 기준일 뿐, 아프기 전 기준으론 끄떡도 없는 일이었다. 며칠 사이, 하루는 온라인 백일장에 참여한다며 아침부터 자리에 앉아 글을 한 편 완성했고, 또 하루는 노트북으로 문구 작업을 좀 오래 했다. 그뿐이었다.

그리고 다음 날 아침, 나는 내 몸이 내가 견딜 수 있는 어느 선을 넘었음을 단번에 알아차렸다. 아, 이건 푹 절인 배추를 지근지근 밟아버린 상태구나. 눈을 뜨자마자 느껴지는 온몸의 쑤심과 저림, 무거움의 정도가 달랐다. 글 좀 쓰고 마우스 좀 딸깍거렸다고 이렇게까지 아플 일인가? 두 팔을 뽑아버리고 싶었다.

조금만 움직여도 금세 지치는 것, 물에 젖은 솜처럼 천근만근인 몸을 질질 끌며 사는 것, 독감에 걸린 듯한 상태로 사는 것. 그것을 그저 일반적인 피로로 해석하면 나는, 우리는 조금 많이 속상해진다.

사람들은 내가 얼마나 아픈지 모른다. 보기엔 멀쩡해 보이기 때문이다. 몇 해 전엔 오빠가 이사를 해 그 집에 다녀왔는데 그 이틀의 외출이 나에겐 큰 무리가 되었다.

자꾸 밖에 나가자고 했다. 딸에게 좋은 것을 보여주고 싶어 하는 엄마의 마음을 모른 척할 수 없었다. 신도시라 조경이 잘되어 있었고 나무가 많고 개천까지 흘러 좋았다. 내 몸은 좋지 않았다. 조금만 걷자더니 집에서 이십 분이나 떨어진 곳까지 나와버리고 집에 다시 돌아가니 한 시간이 지나 있었다. 장거리 이동과 긴 산책으로 나는 녹초가 되었다.

그 집에는 침대가 하나밖에 없었기 때문에 이불을 깔고 잤다. 일어나니 온몸이 아팠다. 전날 너무 무리한 데다 잠까지 편치 않게 자고 나자 몸이 바스라질 것만 같았다.

점심때는 다 같이 나가 외식을 했다. 밥을 먹은 뒤엔 입가심을 해야 한다며 커피를 마시러 갈까, 아이스크림을 먹으러 갈까 하는데 나는 단호하게 집에 가자고 했다. 연이은 스케줄에 지친 나는 외식 후 카페 일정까지 소화할 수 있는 체력이 남아 있지 않았다.

가족들은 내가 어느 정도로 아픈지 몰랐다. 나의 한계가 어느 정도인지 몰랐다. 기차를 두 시간 반 타고 차를 삼십 분 타고 한 시간 산책을 하고 바닥에서 하룻밤을 자는 것이 많은 사람들에게는 평범한 일일 수 있다. 하지만 나에겐 전혀 평범하지 않았다.

두 번째 날은 오후에 외출 스케줄이 있었기에 외식을 하고 싶진 않았지만 그렇게 되었다. 외식까진 할 수 있었다. 하지만 외식 후 카페에 가는 건 정말 힘들었다. 제주에서 한 달을 지낼 때도 식사를 한 후 카페에 간 적이 한 번도 없었다. 내게는 그런 체력이 없었다.

그런데 가족들은 몰랐다. 나와 같이 살지 않기 때문에, 가까이서 나의 실체를 보지 않았기 때문에 알지 못했다. 오직 나와 남편만이 알 뿐이었다.

외식을 마친 후 집에 돌아오니 다음 약속 시간까지 한 시간이 남아 있었다. 나는 그대로 바닥에 널브러졌다. 힘이 없었다.

　2019년 봄, 고향에 갔을 때 기억이 났다. 그때 집에서 멀지 않은 곳에서 국화축제를 하고 있었고 부모님은 나에게 좋은 구경을 시켜주고 싶어 하셨다. 하지만 나는 세 시간 반의 장거리 이동으로 이미 많이 지친 상태였고 어디에도 가고 싶지 않았다. 하지만 그들을 실망시키고 싶지 않아 집을 나섰다. 도착해서는 그렇게까지 많이 걷고 싶진 않았는데 이번에도 역시나 내 예상은 빗나갔다. 나는 삐그덕거리는 몸을 부여잡고 한 시간을 걸었고, 시간이 갈수록 몸이 부서질 것 같아 얼굴이 점점 일그러져갔다. 왜 내가 아프다고 하는 말은 믿지 않는 걸까.

　걷는 것이 그저 집에만 있는 것보다 낫다는 것은 나도 안다. 하지만 내가 가진 에너지보다 무리하면 다음 날엔 침대와 한 몸이 된다. 나는 딱 내가 할 수 있는 만큼만 걸어야 한다. 그 한계는 나만 알고 있다.

　그리고 항상 가족이 생각하는 정도와는 차이가 났다. 몇 해 전 이틀의 오빠네 집 방문을 마치고 온 후 나는 주말 동안 앓아누웠다. 힘든 일정이었다.

　얼마 전에는 편두통 치료를 위해 서울 병원에 다녀왔다.

기차를 타고 택시를 타고 진료를 보고, 다시 택시를 타고 기차를 타고 돌아오면 기차역에서 손잡이를 잡고서야 겨우겨우 계단을 올라올 수 있었다. 집에 와선 침대에 철퍼덕 누워버렸다.

그리고 눈을 뜬 다음 날 아침, 축 절인 배추 당첨이었다. 분명히 예전보단 몸 상태가 많이 나아졌는데도 내 몸의 한계치를 넘어서면 무조건 잘근잘근 밟힌 절인 배추가 된다. 팔다리에 전기가 통한 듯 저려 그날은 정말 아무것도 하지 말고 쉬어야겠다고 생각했다.

분명히 빈도는 줄어들었다. 한때는 일 년 내내 전신 피로감에 시달렸으니 많이 좋아진 것이다. 하지만 여전히 약간 힘든 일정을 소화한 다음 날 아침은 묵직하게 시작된다. 자꾸만 절여지는 내 몸은 언제쯤 파릇파릇해질 수 있을까.

반드시 이 옷을 다시 입게 될 거야
—2020년의 옷 정리

옷을 정리하는 것은 슬픈 일이다. 내가 얼마나 기능하지 못하게 됐는지 현실적으로 직면해야 하기 때문이다. 실제로 입는 옷은 얼마 되지 않는데, 서랍장과 옷방이 꽉 차서 옷을 정리해보기로 했다. 작년에 이미 한 번 많은 옷을 덜어냈는데 여전히 일 년 동안 손길 한 번 닿지 않은 옷들이 가득했다. 그것들은 내가 아직 세상 여러 곳을 누빌 수 있었을 때 입던 옷, 날마다 출근할 때 입던 옷, 외출이 어려운 미션이 아니었을 때 입던 옷들이다.

그때 옷 정리를 하며 2018년 이전의 옷들은 거의 다 버렸다. 나의 청춘을 모두 다 정리했다. 그럼에도 차마 버리지 못한 2014년의 빨간 바지, 2015년의 주름치마가 보였다. 용기가 필요할 때 입었던 옷이다. 학교에 가고 싶지 않아도 찰랑이는 치맛단이 좋아 그 힘으로 출근할 수 있게 해준 옷이었다. 나는 저 옷들을 버릴 수 있을까. 옷방의 안쪽으로 들어가니 내가 정말 좋아하던, 날마다 색깔과 디자인을 바꿔가며 입었던 재킷들이 줄지어 걸려 있다. 올해 나는 겉옷으로 운동복밖에 입지 않았다. 그 이외의 것은 필요하지 않았다. 나에게 편한 옷만 입어야 했다. 옷을 입는 것에 에너지를 소비하면 안 되었다. 옷의 어떤 부분도 내 몸에 거슬리면 안 되었다. 그래서 나에게 무해한 부드러운 옷들만 입었다.

나는 육 개월 단위로 휴직했고, 그때마다 매번 학교에 돌아갈 것을 염두에 두었다. 옷을 살 때도 학교에서 입을 수 있을지, 복직하고도 입을 수 있을지를 생각했다. 그런 생각으로 사고 아직 버리지 않은 옷들이 옷장에 한가득이다.

이번 겨울이 지나고 새 학기가 와도 나는 출근하지 않을 것이다. 이제 나는 평생 출근하지 않을 것이다. 학교에 적절한 옷, 교사가 입어도 되는 옷을 고민할 일이 없을 것이다. 매일 출근하는 것도, 매일 아이들을 보는 것도 아니니 다양한 옷이 필요하지도 않을 것이다.

가만히 앉아 옷들을 바라본다. 나는 이 옷을 다시 입을 수 있을까. 내가 다시 산책이나 병원에 가는 것이 아닌 일반적인 외출을 할 수 있을까. 그런 외출을 할 때 운동복을 입지 않아도 될 만큼 옷에 내 에너지를 조금이나마 할애할 수 있는 상태가 될까. 지금의 나는 내가 입는 옷에 에너지를 단 1퍼센트도 빼앗기고 싶지 않다. 내가 가지고 있는 에너지 총량이 적기 때문이다. 가장 부드럽고 편한 옷들, 움직임이 자유롭고 특별히 유의하지 않아도 되는 옷들만 입는다. 짧은 머리에 키만 껑충 큰 내가 운동복만 입고 다니는 것은 여자 배구팀의 리베로 같아 보인다는 생각을 했다(엄청난 장신은 아니기 때문에 리베로다). 그런 나의 모습도 나름 괜찮다고 생각했는데, 내가 아프기 전에 입었던 옷들을 보니 마음이 쓸쓸해진다.

옷을 바라보면 그 옷을 입고 외출했던 날의 기억이 떠오른다. 긴 원피스를 좋아했다. 셔츠 원피스를 특히 좋아했다. 원피스라니. 병원에 갈 때는 바지를 입는 것이 좋다. 색깔이 겹치지 않게 신경 써야 할 만큼 재킷이 많았다. 재킷이라니. 옷에 각이 잡혀 있으면 불편하다. 지금의 나는 축구 유니폼이나 바람막이가 좋다.

좋아했다, 옷을 입는 것을. 이제 입을 일도 없고 맞지도 않을 텐데 2016년의 치마가 아직 그대로 걸려 있다. 나는 아직 미련을 떨치지 못했구나.

언젠가는 건강해질 거라고 생각한다. 언젠가는 다시 내가 원하는 옷을 맘껏 입고 이곳저곳을 활보할 거라고 생각한다.

그때 가서 옷이 하나도 없으면 큰일이니까, 그리고 나는 이 모든 옷들을 버릴 마음의 준비가 되지 않았으니까. 입지도 않는 옷들을 방 안에 둔다. 입지도 않을 옷들.

내가 다시 출근하는 일은 없을 것이다. 하지만 이 옷들은 입고 싶다. 잠깐 외출할 때, 데이트를 할 때, 외식을 하러 갈 때, 내가 고르고 골라 남긴 내가 가장 좋아하는 이 옷들을 입고 싶다. 그런 외출이 가능해져야 입을 수 있다. 일상에 꼭 필요한 일을 하고도 여분의 에너지가 남아 있을 때, 그제야 나는 이 옷들을 입을 수 있다. 그리고 그런 에너지가 남아 있다는 건 내가 꽤 괜찮아진 상태라는 걸 의미한다. 괜찮아져야 입을 수 있다. 괜찮아지면 입을 수 있다. 아직은 버리고 싶지 않다. 입을 수 있을지도 모르니까. 괜찮아질지도 모르니까. 봄이 오면 내가 좋아하는 옷을 입고 별 목적 없는 외출을 할 수 있을지도 모르니까. 그것이 다가올 내년 봄이 아니어도 난 그리 실망하지 않겠다. 봄이 지나고 여름, 다시 가을이 왔다 해도 나는 괜찮을 것 같다. 예쁜 옷들은 전부 봄과 가을에 입으니까. 급하게 생각하지 않는다.

옷을 정리하려 했지만, 지금의 나에게 재질이 너무 거친 옷들 몇 개를 덜어냈을 뿐 나는 옷을 거의 버리지 못했다. 그 옷을 입을 수 있는 상태로 돌아갈 것이기 때문이다. 나는 너무 멀지 않은 미래에 다시 검정 재킷과 빨간 치마를 입고 집을 나설 것이다.

가을이다. 힘내자.

약속과 계획이 없는 삶

그 주 월요일은 머리를 감는 날이었다. 시원하게 감으니 좋았지만, 손에 걸리는 머리카락들이 거추장스러웠다. 조금이라도 덜어내면 좀 덜 힘들게 감을 수 있을 것 같았다. 작년에 시도했던 쇼트커트는 나와 너무 안 어울려 맘에 들지 않았으니 단발인 선에서 가장 짧게 자르기로 마음먹었다. 내가 외출을 하겠다고 마음을 먹는 경우는 매우 드물기에 곧장 집 앞 미용실에 전화를 걸었다.

"혹시 오늘 당일 예약이 가능할까요?"

코로나 때문에 내 일상이 달라진 건 딱히 없지만, 이럴 땐 불편했다. 미용실도 예약 손님만 받고 사람들끼리 서로 마주치지 않아야만 했다. 월요일이라 비는 시간이 없다고 했다. 오늘은 안 되고 화요일이나 수요일은 된다고 했다. 하지만 나는 쉽사리 예약을 할 수 없었다.

"아, 그게 제가 날마다 몸 컨디션이 달라서요, 내일 일어나 보고 갈 수 있으면 연락드릴게요."

일주일 후도 아니고 바로 다음 날인데 집 앞 미용실 예약 하나 못 잡고 전화를 끊었다. 아, 못 하지, 나. 약속 같은 거.

약속을 잡지 않은 지는 오래되었다. 내 몸이 내 마음 같지 않아지면서, 대부분의 날들에 통증이 존재하면서 나는 어떤 정해진 날 무엇을 하는 것이 불가능하게 되었다. 당장 내일 아침도 알 수 없는데 일주일 후를 어떻게 예측할 수 있을까.

그래서 사람을 만나는 약속은 잡지 않는다. 그게 오 년쯤 된 것 같다. 그사이 나와 만난 사람이 있다면 그건 아마 즉흥 적인 만남이었을 거다. 남편과 결혼 전에도 그냥 약속 없이 그날그날 만났다. 공연을 보는 것도 어려워졌다. 최애 공연 의 예매 공지가 뜨면 남편과 나는 항상 고민을 하다 일단 예 매를 하고, 공연 날짜 즈음에 아쉬워하며 취소하길 반복했 다. 내가 편두통의 늪에 빠지고 난 후엔 그런 고민을 할 필요 도 없게 되었다. 밝은 조명을 보는 것이나 큰 소리를 듣는 것 이 어려워졌기 때문이다. 유일하게 내가 잡는 약속은 병원 예약이다. 그 약속만 지킨다. 명절에 고향에 가는 것도 아예 못 가거나 당일에 괜찮으면 내려가는 식이다. 학교를 그만두러 가는 것도 그해 초 어느 날 당일 아침에 결정했다. 그날 컨디션이 괜찮았기 때문이다. 아프기 때문이 아니라 아프지 않기 위해서 학교를 그만둔다고 말하기에 적절한 날이었다. 그날은 정말 씩씩했다. 사람들은 나를 이젠 괜찮은 사람으로 기억할 것 같았다.

집에만 있어도 괜찮은 것과 원할 때 나가기 어려운 것은 별개의 문제다. 분명 나는 아프지 않을 때도 집에서 뒹구는 걸 가장 좋아했지만 이렇게 내가 하고 싶은 일이라거나, 해야 하는 일을 못 하게 되는 건 좀 곤란하다. 손도 아프고 목도 아프고 머리카락이 너무 무거워 좀 자르고 싶은데 당장 다음 날 미용실 예약도 하지 못하는 건 속상했다. 그런 상실감에 허우적거리던 때가 있었다. 통증을 이고 지고 살게 된 첫해엔 이런 행동의 제약이 너무 생경했다. 외출을 하고 약속을 하고 미래의 내가 그 약속을 지킬 수 있는 컨디션일 거라 예상하지 못하게 되는 일이 낯설었다. 일상에서 약속과 계획이란 단어가 사라지게 되었다. 나의 다이어리는 할 일을 적는 플래너가 아니라 한 일을 적는 기록장이 되었다.

취미로 시작한 불렛저널의 인스타그램 팔로워가 기하급

수적으로 상승했다. 사람들은 사진만 보고 내가 계획적인 인간이라 착각한 건 아닐까. 예상하는 그런 사람이 아니라는 요지의 긴 글을 적어 올렸다.

　나는 계획을 세우지 않는 편이다. 지키기 어렵기 때문이다. 나에게 계획이라곤 병원 예약과 매주 두 번의 운동이 전부다.

　학교에 다닐 때는 등교 시간을 지키는 것이 힘들었다. 학교에서 하루 종일 수십 개의 자잘한 일을 처리하고 십 분, 오십 분 단위로 울리는 종소리에 맞춰 생활하니 퇴근 후에는 어떤 것에도 맞춰 살고 싶지 않았다. 시간 약속이 버거워 퇴근 후 운동을 취소하기 시작했다. 그땐 단지 피곤하기 때문이라고 생각했다. 내가 짜인 스케줄에 취약한 부류라곤 생각하지 않았다.

　학교를 그만둔 후 나는 어느 종소리에도 얽매이지 않게 되었다. 아침을 깨우는 알람 소리부터 매시간 울려대던 종소리까지 모든 것에서 해방되었다. 그리고 나는 계획을 세우지 않았다. 하루가 흰 도화지이고 무엇이든 내 맘대로 채워 넣을 수 있던 그때, 나는 그냥 내 맘대로 살았다. 책을 많이 읽었고 다이어리 꾸미기를 많이 했고, 불렛저널을 썼지만 어떤 것도 계획해서 하는 일은 없었다. 나는 그냥 뭔가를 할 수 있을 때나 하고 싶을 때 그것을 했다. 매우 즉흥적인 인간이었던 것이다. (이하 생략)

원래 무계획적인 내 성향에 대해 풀어 적은 글이었지만, 계획을 지킬 수 없는 건 단순히 내가 그런 성향을 가지고 있기 때문만은 아니었다. 가장 큰 이유는 내 몸을 예측할 수 없기 때문이었다. 불렛저널을 보고 팔로우를 누른 사람들에게 사실 내가 몸이 아파서 이렇고 저렇다는 얘기를 구구절절하게 하고 싶지 않았을 뿐이다.

나는 본디 계획적이지 않은 성향인 데다 계획을 지킬 수 있는 예측 가능한 몸도 가지고 있지 않다. 그래서 계획을 세우지 않게 되었다.

한동안 문구를 만들어 온라인 스토어를 운영하기도 했다. 1인 문구점은 신경 쓸 일이 정말 어마어마하게 많기 때문에 날마다 체크리스트를 적지 않고는 운영이 불가능했다. 1인 사업자로 사는 일은 아무리 무계획적인 사람이라도, 아무리 예측할 수 없는 몸을 가졌더라도 정신을 똑바로 차려야 하는 일이었다.

일을 하다 결국 몸이 고장 났다. 손 수술을 받느라 서너 달을 쉬었다. 문구점을 닫았다 다시 열기 시작했을 때 하루는 체크리스트를 적었다. 그리고 그다음 날부터는 그만두었다. 내가 목표한 만큼 해낼 수 없었기 때문이다. 그걸 굳이 적는 건 너무 무의미해 보였다.

문구점 운영을 다시 이어가길 넉 달, 내 몸으론 도저히 해낼 수 없는 일이라 긴 휴식 공지를 올리고 문을 닫았다.

요즘엔 글 작업을 한다. 매일 긴 목차 목록을 눈앞에 마주하지만, 아무것도 계획하지 않는다. 언제까지 몇 개의 글을 쓸지, 이달 안에 어디까지 검토할지 같은 것은 생각도 하지 않는다. 나는 그저 아침에 일어나 그날 할 수 있는 일만 한다. 움직일 수 있는 몸이면 아침부터 글을 쓰고, 할 수 없다면 오후에 쓴다. 타이머를 삼십 분씩 맞춰놓고 꼭 자리에서 일어난다. 고정된 자세로 오래 앉아 있으면 근육이 굳어 통증이 느껴지기 때문이다. 쉬고 싶은 마음이 들면 쉰다. 집 안을 한 바퀴 돌고 물도 한 잔 마시고 돌아와 더 쓸 수 있을 것 같으면 더 쓴다. 할 수 없을 땐 언제든 그만둔다.

약속과 계획이 사라지면 삶이 텅 비어버릴 것 같았지만, 나는 역설적으로 오늘 하루는 채울 수 있게 되었다. 아무것도 계획하지 않는다. 매일 할 수 있는 일을 할 뿐이다.

편두통과의 전쟁

2021년은 편두통으로 온통 기억이 흐릿하다. 머리가 아
픈 걸 버티는 하루는 길었지만 한 달은 금방 지나갔고 시간
의 흐름을 느낄 때마다 나는 거의 매일 편두통을 달고 산 지
벌써 세 달이 되었다는 데, 반년이 되고 일 년이 되었다는 데
깜짝 놀랐다. 일 년을 넘어 이듬해 여름까지 잠식해버렸을
땐 난 편두통과 싸우느라 이미 너무 지쳐 있었다.

진료 때 증상을 메모해가던 수첩엔 '왜 두통이 멈추지 않
을까?'라는 나의 근원적인 물음이 큼지막하게 적혀 있었다.

편두통이 본격적으로 시작된 것은 2021년 1월 중순이었
다. 학교에 가서 사직원을 내고 온 지 열흘도 되지 않아 편두
통의 지옥에 빠졌다. 자유와 성취의 기쁨을 만끽할 시간은
얼마 되지 않았다. 나는 암막 커튼을 꽁꽁 닫고 작은 조명에

의지한 채 까만 밤들의 시간으로 들어갔다. 빛과 소리를 차단하고 조심히 걸음을 옮겼다. 모든 동작은 되도록 최소화했다. 가만히 누워 시간을 버텼다.

생각이 너무 많아 머리가 터져버릴 것 같던 그해 초, 나는 용기 내어 심리상담을 받기 시작했지만, 결국 편두통 때문에 그만두었다. 택시를 타고 이동하면 덜컹거림과 택시 특유의 냄새 때문에 두통과 메스꺼움이 심해졌다. 퇴직이 코앞이었고 생각을 정리하고 싶었지만, 내 뇌를 먼저 정리할 필요가 있었다.

큰맘 먹고 서울의 대학병원에 예약을 잡았다. 출시된 지 얼마 되지 않았다는 편두통 예방 백신을 맞을 수 있었다. 하지만 70퍼센트의 환자에게만 효과가 있다는 점이 마음에 걸렸다. 안타깝게도 나는 나머지 30퍼센트였다.

치료를 포기하기엔 일상생활도 불가능한 상황이라 가능한 방법을 총동원해야 했다. 머리에 보톡스 주사를 맞았다. 아프다는 후기를 종종 읽었지만, 편두통의 통증에 비하면 보톡스 주사쯤은 날마다 맞을 수도 있을 것 같았다.

"한번 아프면 얼마나 아프세요?"

그즈음 건강검진을 받으러 간 병원에서 의사가 물었다. 얼마나 아픈 게 가능한가? 나는 아침에 두통으로 하루를 시작해 저녁때 잠들기 전까지 머리를 손톱으로 꾹꾹 누르고 있었다.

"안 끝나요. 하루 종일 아파요."

편두통은 보통 네 시간에서 최대 칠십이 시간 지속된다는데, 매일매일 계속되는 나의 편두통이 이상했다. 언젠가 진료 일에 담당 교수님께 물어보았다.

"근데 편두통이 이렇게 안 끝나고 날마다 계속될 수도 있어요?"

"하나의 편두통이 끝나기 전에 새로운 편두통이 시작되는 거죠."

그렇구나. 나는 날마다 그 무엇도 새로 시작할 엄두를 못 내고 있는데 편두통은 혼자서 열심히 매번 갱신되고 있었다.

시작하지 말아야 했을 것이다. 하지만 나는 그 편두통을 겪으면서도 넉 달간 온라인 문구점을 운영했다. 나의 일개미 성향 때문인지, 퇴직 후 뭐라도 해서 내 존재 가치를 입증하고 싶었기 때문인지 불도 켜지 못하는 작업방에서 나는 끝없이 스티커와 마스킹테이프 같은 문구들을 만들어댔다.

정신을 차리고 일을 손에서 놓은 것은 여름의 한가운데서였다.

진료 수첩에 정리한 그때의 상황은 처참했다.

— 동작 몇 개만 하면 바로 편두통.

— 대화, 물건 정리, 점심 준비 못 함.

— 집안일, 산책 불가.

— 뇌를 쓰면 머리가 아프기 시작함.

— 발작 시 얼굴 전체가 저리고 통증이 있음.

— 음식을 씹으면 머리가 울려서 아프기 때문에 저녁은 주로 유동식 섭취.

이런 상태로 그해 여름과 가을을 버텼다는 게 믿기지 않는다. 그때의 나는 조금만 넘치면 편두통 발작이 일어날 것 같은 꽉 찬 물잔 같아서 무언가 한두 동작을 하다가도 침대에 가 느리고 조심히 누워야 했다.

편두통도 발병 원인이 뚜렷하지 않은 질병 중 하나다. 운동 선생님은 나의 목이 많이 굳어 있다며 그것 또한 한몫을 했을 거라고 했다. 나는 왠지 억울했다.

"자세는 계속 안 좋았는데 왜 지금 아파요?"

"터진 거죠. 더 이상 못 버티겠다고."

그게 왜 하필 그해였는지는 모르겠다. 퇴직과 함께 자유롭고 밝은 미래만 펼쳐질 거라고 생각한 그때, 전혀 예상치 못한 브레이크가 나를 멈춰 세웠다.

　오랫동안 편두통을 우선순위에 두고 생활했다. 방의 메인 조명은 켜지 않았고 티브이는 가장 어두운 화면으로 조절했다가 결국 끊게 되었다. 산책을 할 수 없었다. 휴대폰 사용 시간을 하루 한두 시간으로 극단적으로 줄이기도 했다. 빛과 소리와 냄새, 움직임에 취약해진 나는 가능한 한 모든 유발 인자를 피하려고 노력했다. 사계절 내내 선글라스를 끼고 다녔다. 햇살을 커튼 뒤에 숨어서만 빼꼼히 바라봤다.

　편두통이란 놈은 나를 자꾸 겸손하게 만들려는 비밀조직 특수공작요원 같았다. 내가 조금 희망을 가지고 뭘 좀 해볼까 싶으면 나를 자리에 털썩, 어디 좀 둘러볼까 싶으면 또 털썩 주저앉혔다. 무언가를 하는 것은 나에게 나쁜 선택이며 아무것도 하지 않는 것만이 최선이라 느껴졌다. 편두통이 있으면 나는 항상 그렇게 느꼈다.

　편두통은 생명력이 질기다. 임신과 함께 갑작스레 내 인생에 찾아온 이 편두통이 언제까지 내 인생에 머무를지 모르겠다. 중요한 건 편두통이 한번 발현된 이상 평생 조심하며 살아야 한다는 것이다.

　날마다 아침저녁으로 편두통 예방약을 먹는다. 뇌를 쓰지 않으면 두통의 기미는 전혀 보이지 않지만, 이렇게 글이라도 쓰는 날이면 뇌에서 신호가 온다. '위험, 위험.' 작업이 길어지지 않게 유의해야 한다.

편두통과의 싸움에선 내가 완패다. 나는 매번 지기만 했다. 감히 이길 생각도 없다. 그저 잘 어르고 달래 앞으로의 생에서 덜 만나려고 노력할 뿐이다. 머리에 심장이 있는 듯 혈관이 쿵쿵거리는 까만 밤중에 편두통이 가라앉기만을 기다리는 시간은 항상 괴로웠다. 이제 그 밤에는 덜 들르고 싶다.

숨지 않고 빛을 바라볼 수 있는 사람이 되고 싶다.

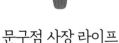

문구점 사장 라이프

2020년 봄, 나는 책상에 앉아 고개를 숙이는 일을 조금 할 수 있게 되었다. 그런 평범한 동작이 다시 가능해졌을 때 내가 펼쳐 든 것은 일기장과 책이었다. 책을 읽고 필사를 했다. 일기를 쓰고 다이어리를 꾸몄다. 온 집 안 벽을 다 둘러도 쓰지 못할 만큼의 마스킹테이프와 귀엽고 멋진 스티커들을 샀다. 메모지와 엽서, 예쁜 종이를 샀다.

다이어리 꾸미기에 깊게 빠지면 자신만의 문구를 제작하고 싶어진다. 방 하나가 다꾸용품으로 가득 찰 때쯤 나의 문구 브랜드를 만들 아이디어가 번뜩 떠올랐다.

학교를 그만두기로 결심한 이후 나는 다시 활력을 찾은 참이었다. 몇 달을 멈췄던 재활 운동을 다시 나가게 됐고 내 문구점을 만들겠다고 시동을 걸고 있었다.

'멈춰! 헛짓거리 그만하고 운동만 열심히 다녀!' 미래의 나는 과거의 나에게 이렇게 소리치고 싶다. 하지만 당시의 나를 막을 수 있는 건 아무것도 없었다. 나는 하나에 꽂히면 끝까지 가는 성격이기 때문이다.

그렇게 나의 문구점 사장 라이프가 시작되었다. 스티커, 메모지, 마스킹테이프를 디자인하고 제작했다. 처음 해보는 일이라 서툴렀지만, 내가 원하는 제품을 직접 만드는 일은 꽤 재미있었다.

첫해는 한 달에 한 번 일정 기간에만 물건을 판매하는 마켓 형식으로 운영했다. 주문은 적었지만 내 문구점을 찾아준 사람들이 신기하고 감사했다. 만들고 싶은 제품이 많아 매번 다음 신상을 기획하고 제작했다. 하지만 요령이 없었는지 스티커와 떡메모지를 검수하고 포장하다 손이 고장 나버렸다.

결국 손 수술을 받고 겨우내 쉬었다. 자고로 정형외과 수술이란, 수술은 간단하고 회복은 느린 법이다. 한 달이면 일상생활이 가능할 거라 했지만, 다시 문구 작업을 하기까진 석 달이란 시간이 걸렸다.

어느덧 손이 좀 나아지자 다시 손을 많이 쓰는 문구점 복귀 계획을 세웠다. 거의 매일 편두통에 시달렸고, 온몸에 통증이 덕지덕지 붙어 있었다. 여러모로 내가 문구점을 하지 않는 것이 이성적인 판단일 것 같았다.

하지만 지난 세 번의 마켓으로 약간의 고정 고객을 확보 했으니, 문구점을 더 키워나가고 싶었다. 처음부터 새로 시 작해야 했다면 엄두도 내지 못했을 것이다. 퇴직을 해 직업 이 사라지는 시기에 아무것도 하지 않으면 내가 견디지 못할 것 같다는 불안도 있었다. 무엇보다도 제품 아이디어가 머릿 속을 끊임없이 떠다녀 가만히 쉴 수가 없었다. 나는 그 생각 을 이기지 못하고, 결국 노트북 앞에 앉아 문구 신상 작업을 시작했다.

작업방의 불은 거의 켜지 못했다. 앞만 겨우 보면서 스티 커와 마스킹테이프를 만들었다. 그때의 나에게 필요한 말들 이 마구 쏟아져 나왔다. 퇴직의 시기를 지나고 있었고 통증 이 다시 악화됐다. 앞이 보이지 않았다. 나는 그 무엇도 아닌 나 자신만이 되라고 썼다. 모든 것이 나아지면 좋겠다고 썼 다. 어쨌든 괜찮아질 테니 걱정 말라고, 울지 말라고, 사랑한 다고 썼다. 모두 나에게 하는 말들이었다.

가벼운 마음으로 사용할 문구에 무거운 진심을 담았다. 부담스럽게 느껴질까 걱정되기도 했지만 별 상관없었다. 스 티커는 작고 마스킹테이프는 쉽게 찢어지기 때문이다. 아무 리 묵직한 진심이라도 가볍게 소비될 수 있었다.

제품을 만들면 그 안에 어떤 마음과 이야기를 담았는지에 대해 긴 편지를 한 장 썼다. 스쳐 지나갈 이도 있겠지만, 단 몇 명에게만이라도 닿으면 좋겠다는 마음이었다.

봄이 되고도 스토어를 바로 오픈하지 못했다. 기다리는 사람들에게 오픈 일자를 공지할 수도 없었다. 예측할 수 없는 몸 상태로 살고 있었기 때문이다. 처음 공지했던 오픈 일자를 한 번 번복하고, 배송이 오래 걸릴 것이란 공지를 추가한 후 새봄에 문구점을 다시 오픈할 수 있었다. 모든 주문 건은 직접 포장했다. 손글씨로 주문자의 이름을 적고 미리 준비한 긴 편지를 한 장씩 동봉했다.

안녕하세요.
every record 문구점을 찾아주셔서 정말 감사합니다.

여러분의 봄은 어떠신가요.
겨우내 가만히 있던 나무들이 잎을 내고 꽃을 피우는 것을 보면 참 신기합니다.
몇 달 동안 새순 하나 내지 않았어도 나무들은 나름의 시간을 살고 있었던 것이었겠죠.

봄이 되었습니다.

세상이 시작과 싱그러움으로 가득할 때 그 속도에 발을 맞출 수 없는 날들이 있기도 합니다.

모든 것이 새 출발의 기운으로 가득할 때, 저는 여러분에게 너무 서두르지 않아도 괜찮다는 편지를 띄워볼까 합니다.

하고 싶은 것, 해야 한다고 생각하는 것, 하지만 지금의 저로선 할 수 없는 것.

꽁꽁 묶여 있었던 것 같은 날들에 저와 여러분에게 힘이 될 단어들을 쓰거나 모았습니다.

힘이 되는 것은 결국 말, 이라고 생각합니다. 말하지 않으면 알 수 없어요.

그래서 여러분이 조금 더 나아지길 바라는 마음을 듬뿍 담은 문구들을 만들었습니다.

어떤 문장도 아무 이유 없이 쓰지 않았어요.

이런 마음이 여러분에게 조금이나마 가닿길 바라봅니다.

우리 모두 자신의 속도로 살 수 있으면 얼마나 좋을까요.

눈에 보이지 않아도 우리 모두 다 계속해서 살아가고 있다는 걸, 우린 누구도 이 긴 여행을 그만두거나 포기한 적이 없다는 걸 기억해요, 우리.

괜찮아질 거예요,

2021년 어느 봄날, from 물고기

Things will be better with every record

　나는 내 문구점을 찾아주는 사람들이 나를 응원하는 사람들처럼 여겨졌다. 그들에겐 왠지 나의 진심을 내보이게 되었다. 한 글자 한 글자 마음을 담아 꾹꾹 눌러 적은 편지였다.

　나에게 필요했던 말, 나를 다시 일으켜준 말들이 문구가 되어 세상에 나왔다. 오래전 만들었던 나의 노래 〈위로〉를 영어로 바꿔 마스킹테이프를 만들기도 했다. 같은 패턴이 일정한 길이로 반복되는 마스킹테이프의 특성상 그 제품은 괜찮아질 거라는 말을 몇 번이고 반복하는 노래였다. '넌 괜찮아질 거야, 걱정하지 말아줘. 나의 말들을 믿을 때까지 난 말할게. 사랑해.' 들리지 않는 노래가 사람들에게 전해지길 바랐다.

　문구점을 넉 달이나 운영했다는 사실은 종종 비현실적으로 느껴지곤 한다. 그때의 나는 편두통이 없는 날이 거의 없었기 때문이다. 내가 쉬어야 한다는 걸 나도 알아서 'stop, relax'라는 스티커 세트를 만들기도 했다. 다 내려놓고 어서 가서 쉬라는 소리였다. 나는 그걸 만들고 포장하고 사진을 찍고 홍보 게시물을 올리며 멈추지도, 쉬지도 못했다.

여름이 되어서야 나는 정신을 차리고 여름휴가 간판을 걸었다. 상태가 나아지면 한 달 후쯤 복귀하려 했지만, 편두통은 쉬이 나아지지 않았다. 결국, 나는 휴업을 무기한 연장한다는 공지를 올린 후 문구점을 닫았다.

문구점은 다정한 사람들과 함께했던 좋은 추억으로 남았다. 손이 아픈 나를 위해 수천 개의 스티커 팩을 포장해주고, 신상 고민을 하다 라이브 방송을 켜면 의견을 전해주던 따스한 다꾸 친구들이 있었다. 마스킹테이프의 문장을 보고 용기와 위로를 얻었다고 말해주는 사람들이 있었다. 문구점을 떠올리면 누군가를 향해 끊임없이 날려 보내던 나의 진심이 떠오른다. 그리고 그 진심에 응답해주었던 소중한 마음들도 떠오른다.

위로를 전하던 작은 문구점이 있었다.

집에만 있다고 우울해하지 마

나에겐 오랜 시간 내 곁을 지켜준 웃음 친구가 있다. 바로 팟캐스트 〈송은이 김숙의 비밀보장〉이다. 〈비밀보장〉은 내가 아픈 기간 동안 내내 나와 함께했다. 피로감이 너무 심해 밖에 나갈 수 없을 때, 편두통 때문에 산책도 할 수 없을 때, 꼼짝없이 집에만 머물러야 했을 때 〈비밀보장〉은 언제고 내게 웃음을 선물해줬다.

그저 누워 있는 것 말곤 아무것도 할 수 없는 날들이 있었다. 나는 그럴 때마다 내 영혼의 구명줄을 잡듯 〈비밀보장〉을 들었다. 400회가 넘는 방송을 처음부터 끝까지 다섯 번도 넘게 반복했다. 화면을 보는 것도 어려워 듣기만 할 수 있던 때, 나는 머리맡에 휴대폰을 놓고 〈비밀보장〉을 재생해두었다.

몸과 마음이 모두 지쳐 정말 힘든 날, 누구도 나를 다시 웃게 할 수 없을 것 같은 날, 〈비보〉(〈비밀보장〉을 줄여 부르는 말이다)를 들으면서 소리 없이 끅끅대며 웃는 나를 발견했다. 왜 〈비보〉를 들으면서 소리 내어 크게 웃지 않았나 생각해보니 그다음 말을 들어야 했기 때문이었다. 너무 웃긴데 그걸 계속 들으려고 소리도 안 내고 끅끅거리는 나도 웃겼다. 비극은 순간 희극으로 바뀌었다. 아픈 이의 방은 투병 장소가 아니라 혼자만의 놀이터가 되었다.

〈비보〉를 듣고 있으면 편두통의 마수에 지쳐 세상 다시 없을 비관주의자가 되어 있다가도 갑자기 풉 하고 웃을 수 있었다. 매일 아픈 거 지겹고 너무 싫어, 아, 사는 거 너무 힘들… 풉 하고 웃어버리는 것이다. 희극의 힘은 대단하다. 나는 두 명의 멋진 희극인 덕에 길고 외로운 아픈 기간 동안 우울의 깊은 수렁에 조금 덜 빠지고 웃음으로 자꾸 구조될 수 있었다.

웃음은 사람을 살린다. 지치고 절망에 빠진 누군가를 웃게 할 수 있는 게 있다면 그건 희망이다. 〈비보〉는 내게 희망이었다.

내가 〈비밀보장〉을 처음 들었던 2017년은 아직 아프지 않을 때였다. 번역을 배우러 버스와 지하철을 타고 네 시간을 왕복하던 때였는데 사람들이 많은 공공장소에서 갑자기 웃음이 터져 나와서 문제였다. 우스꽝스러운 표정으로 매번 웃음을 참아야 했다.

아프고 난 뒤에도 여전히 〈비밀보장〉이 있어서 좋았다. 이젠 갑자기 웃어도 이상하게 볼 사람이 없어서 그냥 맘껏 웃을 수 있었다. 외로웠지만 자유로워졌다. 그리고 듣는 동안은 사실 외롭지 않았다. 언제나 두 언니와 함께였기 때문이다.

〈비밀보장〉은 2015년에 시작되어 팔 년 동안 계속돼왔다. 1회에서 "이거 될 것 같아요?"라며 방송의 지속을 걱정하던 숙 언니의 말이 무색하게 몇 년째 차트 상위권을 지키며 400회를 넘긴 명실상부한 인기 팟캐스트가 되었다. 언제 그만둘지 몰라 얼마간은 처음에 샀던 마이크와 음향 장비의 박스도 버리지 않았다던 그들이 몇 년 사이 '컨텐츠랩 비보'라는 회사까지 창립하고 어느새 새로운 사옥을 지을 만큼 번창하게 될 줄 누가 예상이나 했을까. 〈비보〉와 함께 시간을 보내온 나는 〈비보〉가 사라지지 않고 그 자리를 지켜주어 그저 고마운 마음뿐이다.

그리고 아픈 후에도 아프기 전에 듣던 방송을 들을 수 있어 나의 시간이 모두 단절된 것은 아니라는 느낌을 받는다.

나는 여전히 나라고, 아프든 아프지 않든 나는 여전히 나 자신이라고 〈비보〉가 말해주는 것 같았다. 덜컹거리던 지하철 안의 나와 혼자 누워 있는 방 안의 나는 모두 연결되어 있었다. 그때의 나도 지금의 나도 모두 나이기에.

〈비밀보장〉의 예전 방송을 다시 들을 때면 시간의 흐름을 실감한다. 2017년, 2018년, 2020년의 이야기들이 지나간다. 그 시간의 나도 떠오른다. 그 모든 시간을 함께했고, 여러 번 다시 함께한다. 〈비보〉의 초창기 삼 년 치의 방송을 들으면, 아직도 내가 〈비보〉를 처음 듣게 된 2017년 봄이 생각난다. 그 봄의 나는 자유롭고 시작의 기운이 넘쳤다. 좋은 날들이었다.

〈비밀보장〉의 진행방식은 이렇다. 분야 불문 청취자의 각종 고민 사연을 받아 익명으로 고민을 해결해준다. 고민의 종류에 따라 짧은 고민부터 긴 고민까지 해결해주는 코너가 있는데, 짧은 고민은 보통 에레나 선생님이 해결해주고, 긴 고민은 사연과 관련이 있는 지인에게 전화를 걸어 해결 방법을 묻는다.

〈비밀보장〉을 여러 번 정주행하면서 내가 좋아하는 에피소드도 메모해놓았다. 〈비밀보장〉에는 김숙 언니의 부캐인 에레나 선생님이 고민을 해결해주는 코너가 있는데, 들을 때마다 웃음이 터지는 고민 해결법은 이런 것들이다.

- 비슷한 바지가 여러 개 있는데 회사에서 왜 맨날 같은 바지만 입냐고 하는 사람이 있어요. — 바지에 번호를 써. (93회)
- 아빠가 요즘 요리에 취미가 생겨서 자꾸 밥을 차려주시는데 맛이 없어요. 그렇다고 열심히 만든 아빠에게 맛없다고 대놓고 말할 수도 없고, 맛없다는 걸 어떻게 전할 수 있을까요? — 토해. (92회)
- 대중목욕탕에서 등을 밀어달라고 하고 싶은데 뭐라고 접근해야 하나요? — 남한테 등을 밀어달라는 문화는 사라지고 있다. 이분께 요가를 추천합니다. (113회)
- 다한증인 바이어와 악수를 안 하려면 어떻게 해야 하나요? —절을 해라. (116회)
- 여행 가고 싶다고 했더니 두 친구가 동시에 연락이 왔습니다. 한 친구는 저를 즐겁게 해주지만 돈을 안 쓰고요, 다른 친구는 돈은 잘 쓰는데 제가 쉼 없이 떠들어줘야 해요. 어떤 친구랑 여행 가는 게 나을까요? — 나는 셋이 갔으면 좋겠어. (70회)

이렇게 참신한 해결법이라니! 에레나 선생님의 혜안에 매번 무릎을 탁 친다. 그녀는 시원시원한 성격과 남다른 통찰력으로 보통 사람이라면 생각하기 어려운 허를 찌르는 답변을 내놓는다. 사연을 듣고 한 치의 망설임도 없이 명쾌하게 대답하는 에레나 선생님에게 송은이 언니는 이렇게 말한 적이 있다. "딱 하루만 너처럼 단순하게 살아봤으면 좋겠어." 에레나 선생님의 간단명료한 답변과 확신에 찬 목소리를 듣고 있자면 잠시 근심을 잊는다. 세상 고민할 것이 없을 것 같다. 어떤 고민도 그녀라면 모두 해결해줄 것만 같다. 에레나 선생님의 고민 상담 코너는 〈비빌보장〉에서 내가 가장 좋아하는 부분이다.

방금 '비빌보장'이라고 오타를 냈는데, 그건 〈비보〉가 내게 비빌 언덕이기 때문이기도 한 것 같다. 〈비보〉가 있는 한나는 언제든 비빌 언덕이 있는 것 같아 마음 한편이 든든하다. 나를 웃게 해줄 비상 공구함을 나는 항상 가지고 있다. 아프고 우울해서 죽으러 갈까 싶다가도 어이없는 유머에 숨죽인 채 큭큭 웃게 된다. 익숙한 언니들의 유머와 당참이 왠지 모를 큰 힘이 된다. 난 아무리 우울한 일이 있어도 반드시 웃을 수 있어! 이유 있는 용기가 생긴다.

사실 집에만 있어도 할 수 있는 일은 많다. 요리를 할 수도 있고, 악기를 연주할 수도 있고, 게임을 하거나 드라마나 영화를 무제한으로 볼 수도 있다. 가능하다면 말이다. 나는 통증과 편두통 때문에 행동의 제약이 많은 편이었다. 내가 티브이만 볼 수 있었어도 집에만 있는 것이 이렇게 심심하지는 않았을 거라고 생각한다. 수많은 영화와 드라마로 하루를 채웠다면 밖에 나가지 못하는 상실감을 조금이나마 잊을 수 있었을지도 모르겠다. 나는 실제로 드라마를 정말 좋아하기 때문에 날마다 드라마를 보는 삶을 즐겼을 것이다. 하지만 나는 볼 수 없었고, 아무것도 하지 않은 채 가만히 있는 창문 안쪽의 정지된 삶을 살았다.

창문 안쪽의 내가 할 수 있는 일은 많지 않았다. 보고 듣는 시청각 자극은 버거우니 듣기만 했다. 〈송은이 김숙의 비밀보장〉만 들었다. 노래는 너무 짧고 라디오는 금세 지나갔다. 시간에 구애받지 않고 들을 수 있는 팟캐스트가 나에겐 딱이었다. 그리고 고를 필요도 없이 원래 들어 잘 알고 있고 이미 좋아하는 그것, 〈비밀보장〉이 있으니 나는 굳이 모험을 할 필요가 없었다. 가끔 너무 심심해 팟캐스트 시장을 둘러보기도 했지만, 그러다 결국 〈비밀보장〉을 다시 듣는 쪽을 택했다. 가만히 누워 쉴 때도, 밥을 먹을 때도 〈비밀보장〉을 들었다. 몇 년 전 방송까지 몇 번이고 다시 들었다. 외부 활동이 완전 불가능한 날엔 하루에 네다섯 편까지 듣기도 했다.

〈비밀보장〉이 없었으면 무엇으로도 채워지지 않았을 침대 위의 적막을 상상하고 싶지 않다. 소리도 듣지 못할 만큼 편두통이 심할 때 나는 외롭고 괴로웠다. 작은 음량일지라도 그나마 〈비보〉를 들을 수 있는 순간에야 비로소 진공상태 같았던 혼자만의 고독한 지옥에서 벗어났다. '사고무고~ 사소한 고민부터 무거운 고민까지'로 시작하는 〈송은이 김숙의 비밀보장〉의 로고송은 침대 위를 벗어나 웃음의 세계로 가볼 수 있는 주문이었다. 몸은 벗어나지 못해도 마음만은 참지 못할 웃음에 들썩일 수 있어 큰 위로가 되었다. 〈비밀보장〉이 없었다면, 이라는 가정은 생각할 수 없다. 〈비밀보장〉과 함께하는 한 나는 함부로 우울해질 틈이 없었다. 수많은 날들을 〈비보〉에 기대어 살았다. 앞으로 다가올 날들에 내게 가져다줄 웃음도 기대해본다. 〈비보〉와 함께하는 한, 나는 쉽게 우울해지지 않을 것이다.

엉망인 부분은 들키고 싶지 않아

아침에 일어나 습관처럼 핸드폰을 만지다 손흥민의 득점왕 사실을 알게 되었다. 할 것 같았는데 결국엔 해냈네. 졸린 눈을 비비며 영상을 여러 번 돌려 보고 SNS를 구경했다. 이런 큰 경사를 맞아 오랜만에 오빠에게 연락을 해보았다. '손흥민 득점왕 미쳤음.' '지금이 전성기인 듯.' '다음 월드컵까지는 할 듯.' 남매는 손흥민을 오래 보고 싶은 마음을 담아 그의 미래를 점쳐보았다. 나는 생각했다. 이렇게 삼사 년 더 그의 멋진 플레이를 볼 수 있으면 참 좋겠다고. 그런데 그걸 한 번쯤 직접 볼 수 있으면 더 좋겠다고.

다음 월드컵까지는 나갈 것 같다는 오빠의 메시지에 나는 손흥민이 은퇴하기 전에 영국에 가고 싶다는 말을 하고 싶었지만 하지 않았다. 슬퍼지고 싶진 않았기 때문이다. 내가 그렇게까지 괜찮아지는 날이 오긴 할까?

오빠와는 영국 여행을 계획한 적이 있었다. 손흥민 선수가 레버쿠젠에서 토트넘으로 이적한 해 겨울이었는데, 그해에 갑자기 파리에서 테러가 터지는 바람에 유럽 분위기가 좋지 않아 여행을 취소했다. 그 후 내가 국내 장거리 이동도 못하는 아픈 상태가 될 거라곤 상상도 하지 못했다. 더 건강하고 활기찬 계획을 공유했던 적도 있었는데, 이제 영국은 절대 못 갈 것 같은 나만 덩그러니 남아 있었다.

가서 보고 싶다는 말을 할 수 없어서 그저 그가 다음 월드컵에도 나왔으면 좋겠다는 말을 반복하곤 대화를 끝냈다. 진짜 하고 싶은 말은 할 수 없었다. 내가 사실 두통 때문에 아무것도 하질 못한다고, 오늘 아침도 그냥 사라져버리고 싶은 마음뿐이라는 말은 할 수 없었다. 내가 이렇게 엉망으로 살고 있다는 점은 되도록 들키고 싶지 않았다.

아침에 일어나 누워서 영상을 보긴 했지만, 상태가 괜찮진 않았다. 새벽에 깰 때마다 두통에 시달렸고 아침엔 그 두통이 그대로 남아 있었다. 이 주가 넘도록 반복돼온 패턴이었다. 사실은 산책을 못 하게 된 지도 이 주가 넘어가고 있었다. 편두통 급성기 약은 5월에만도 어느새 열세 알을 먹어버려 이젠 더 이상 먹으면 안 될 것 같다. 참는 날만 늘어난다.

산책도 못 하는 일은 꽤 별로다. 마음이 답답하거나 어떻게 해야 할지 모를 때 그냥 좀 걷고 오면 좋을 것 같은데, 걸을 수가 없기 때문이다. 편두통 때문에 마음이 답답하고 모든 걸 다 내려놓고 싶기도 한데, 그럴 때도 걸을 수 없다. 편두통이 있을 때 걷는 것은 무조건 상태를 악화시킨다. 지난주엔 그냥 햇볕만 쬐고 오겠다는 생각으로 집 앞에 나갔다가 상태가 나빠져 돌아왔다. 한동안 침대를 벗어날 수 없었다. 그런 일을 한번 겪고 나면 한껏 움츠러든다. 괜찮다는 확신이 없고서는 신발을 신고 밖에 나갈 수 없다. 또 창문 안쪽에서 바깥만 내다보는 사람이 되었다.

불과 한 달 전엔 거의 매일 산책하곤 했다. 그건 내가 아픈 이후 처음으로 이룬 쾌거였고, 그렇게 몸이 좋아질 일만 남았다고 생각했다. 편두통도 두 번밖에 오지 않았고 십 분을 겨우 걷던 내가 삼십 분을 거뜬히 걷게 됐다. 상승 곡선에 잠시 기분이 좋을 뻔도 했다.

다시 편두통에 잠식된 날들에 갇혀버릴 거라곤 예상하지 못했다. 석 달이 지나 새로 보톡스 주사를 맞았고, 그 주사의 효과가 나타날 때쯤이면 다 괜찮아질 거라 믿으며 견뎠다. 이제 힘을 주어도 미간에 주름이 잡히지 않는데도 편두통은 여전히 날마다 존재를 드러낸다. 이번 편두통 주간은 대체 언제 끝날까.

통증의 강도를 1에서 10까지의 숫자로 표현해보라는 말을 듣곤 한다. 나는 말하자면 임신 때 강도 10의 편두통을 겪었다. 전에도 없었고 다신 없어야 할 통증이었다. 지금 내가 겪는 것은 그때에 비하면 반의반도 되지 않는다. 하지만 그렇다고 일상을 유지할 수 있는 통증은 아니다. 내가 노트에 2라고, 3이라고 쓰는 날도 혹은 1.5라고 쓰는 날에도 산책을 할 수 없었다. 침대에 누워 내가 사라지기를 바랐다.

그냥 바람을 쐬면서 한 바퀴 걷고 싶다. 그냥 걷고만 오면 다 나아질 것 같다. 몸을 움직여 새로운 공기를 들이마시고 싶다. 하지만 이렇게 편두통이 나를 계속 잡아끄는 때면 나는 어떻게 해야 할까. 잠을 자고 또 자도 안 아픈 하루가 시작되지 않으면 어떻게 해야 하는 걸까.

예전 같으면 손흥민의 마지막 경기쯤은 당연히 생방송으로, 맥주 한 캔과 안주를 앞에 두고 봤겠지만, 지금의 나는 다음 날 아침에 아픈 머리를 누르며 겨우 영상으로 확인할 뿐이다. 아프기 전 밤늦게 경기를 보던 기억이 떠올라 왠지 쓸

쓸해졌다. 앞으로의 내 인생엔 없을 장면들일 것이다. 늦은 밤 경기를 보던 기억, 과자 꾸러미, 맛있는 세계맥주 같은 것은 이제 모두 과거에만 존재한다.

가족들과 거실에 모여 맥주를 마시면서 레버쿠젠 시절 손흥민의 경기를 보던 때가 떠올라 자꾸 눈물이 날 것 같다. 울어버리면 진짜 예전으로 돌아가지 못한다는 걸 인정하는 것 같아 울고 싶지 않은데 결국 난 울어버린다.

난 어제 경기도 생방으로 못 봤고, 사실 엉망이야, 오빠. 난 사실 되게 엉망이야.

엉망으로 우는 부분도 절대 들키고 싶지 않다.

식물이 내 손을 잡아주었어

남편은 저녁식사를 하러 집을 나섰다. 시아버지의 생신이라 시댁 식구가 모두 시누이 집에 모여 식사를 하기로 한 날이었다.

집에서 멀지 않은 곳이었지만, 나는 갈 수 없었다. 편두통이 심해 어두운 방 안에 조용히 누워만 있었다. 잠옷을 갈아입으려는데 방이 어두워 옷을 찾을 수 없었다. 머리가 아파서 불을 켤 수 없었다. 옷더미를 손으로 더듬거렸지만, 찾는옷이 나오지 않았다. 길이 보이지 않는 내 모습 같았다. 옷을찾다 뇌에서 피가 빠져나가는 듯한 느낌이 들어 아찔했다.몇 년 동안 어느 병원에서도 원인을 찾지 못한 증상이었다.

유독 지친 날이었다. 화목하고 건강한 시댁 가족을 부러

위하다 몇 년째 통증에 치이며 사는 내가 유난히 외롭게 느껴졌다. 나는 혼자서 오래 안 살겠다는 다짐을 하고 있었다. 일기장 속의 나는 '오래 안 살 거니까 행복하게 살다 가자. 덜 괴롭게, 자유롭게. 힘드니까 오래는 살지 말자. 너무 힘들잖아. 이 정도면 많이 살았다고, 많이 버텼다고 내가 말해줄게. 사랑해, 울지 마. 사랑해'라고 말하고 있었다. 그렇게 짧은 생을 다짐하며 생에 대한 희망을 저버리고 있던 참이었다. 울지 말라고 해놓고선 몸을 웅크린 채 엉엉 울고 있었다. 삶에 대한 의지가 생기지 않았다. 모두 놓고 싶었다.

그때 나를 살린 건 몬스테라였다고 생각한다. 꺼이꺼이 울며 나에게 닥친 모든 통증과 아득한 막막함에 어쩔 줄 몰라 할 때, 다 포기해버리고 싶은 생각이 들 때, 나를 침대에서 일으켜 세워준 것은 몬스테라에게 물을 줘야 한다는 생각이었다.

식물을 받은 후 사흘 후에 물을 줘야 한다고 했는데, 그게 그날이었다. 나만 믿고 우두커니 서 있는 커다란 식물은 혼자서 물을 먹을 수 없었고, 내가 죽든 살든 일단 그 식물을 살리고 싶었다. 자리에서 일어났다.

그렇게 나는 생사를 고민하다 눈물을 닦고 몬스테라에게

첫 물을 주었다. 내가 자발적으로 키운 첫 번째 식물이자 나를 제외하곤 처음으로 잘 키워보고 싶은 다른 존재였다. 나는 화분에 물을 주고 또 주면서 이 아이가 나를 일으켰다는 것에 북받쳐 올라 다시 울고 눈물을 닦기를 반복했다. 그날 내 눈앞의 풍경은 눈물 필터 덕에 조금 뿌옜다. 그러다 눈물을 닦으니 푸르고 파릇한 잎들이 서 있는 것이 참으로 예뻤다. 감격스럽게 예뻤다. 죽을 생각 말고 사 주 후에 또 물을 줘야지, 라고 미래를 계획하게 되었다.

손에 잡히는 현실의 일을 하자, 방금까지도 손에 쥔 것을 모두 놓아버리려고 했던 아득한 막막함에서 순간 벗어났다. 혼자서 절망감을 파먹고 있는 것보다 일단 자리에서 일어나는 것이 중요하다. 요는, 절망의 늪에 빠진 사람에게 자리에서 일어나는 일이란 정말 어려운 일이고, 그걸 그날 몬스테라가 해냈다는 것이다.

내가 그 봄의 시작에 왜 갑자기 식물을 들여놓을 결심을 했는지는 모르겠다. 천성이 게으르고 내 몸 하나 챙기는 것도 힘든 내가 돌볼 식물을 들였다. 작업방을 정리하고 나니 여기 식물이 있었으면 좋겠다는 생각이 들었고, 첫 식물이 잘 자라나자 친구를 만들어주고 싶었다.

식물이 하나둘 늘어났다. 아침에 일어나 가장 먼저 안부를 물으러 가는 것이 식물 친구들이 되었다. 밤새 안녕했는지 확인하고 창문을 열어주고 커다란 분무기로 물을 뿌려주었다. 식물마다 이름이 생겼다. 큰 몬스테라는 몬라(몬스테라 라지)가 되었고, 작은 몬스테라는 몬스(몬스테라 스몰), 휘카스 움베르타는 휘바가 되었다.

날마다 식물을 돌보는 게 일상이 되었다. 햇빛이 닿는 위치에 따라 화분을 조금씩 옮겨주기도 하고 이파리 하나하나를 정성스레 닦아주기도 했다. 종종 흙에 손을 넣어 마름 정도를 체크했다. 흙을 만지며 "넌 아직 배가 안 고프구나" 같은 혼잣말로 식물에게 말을 걸어보기도 했다. 손으로 흙을 만지면 왠지 마음이 평온해졌다. 마음이 복잡한 날엔 나에게 분갈이를 처방했다. 새 식물과 새 화분을 사고 흙을 마음껏 만졌다. 흙처럼 마음이 포슬포슬해졌다.

새순은 언제나 나를 설레게 했다. 새순이 돋아날 조짐을 보이고 있던 것들이 어느 날 빼꼼히 얼굴을 내밀고 있는 걸 보면 그렇게 신날 수가 없었다. 그럴 때면 그게 마치 내가 해낸 일인 양 남편을 불러다 꼭 자랑하곤 했다. 이거 봐, 기특하지? 하고.

식물의 안위를 책임지고 있으니 나는 조금 더 부지런해져야 했다. 내 몸이 아프다고 그냥 넋 놓고 있기만 하면 안 되었다. 이파리와 흙 상태를 보며 너무 늦거나 빠르지 않을 때 식물에 물을 줬다. 식물을 샤워기로 시원하게 씻기고 배부르게 물을 주고 있으면 내가 조금은 제대로 살아가고 있는 것 같은 기분이 들었다. 식물을 챙길 때마다 나는 그저 나를 움직이게 하는 식물들이 있어 다행이라는 생각을 했다.

많은 시간을 집에서 혼자 보냈다. 하지만 무언가가 같은 공간에서 분명히 살아 숨 쉬고 있었다. 집 밖으로 한 발자국도 나가지 못하는 날에 식물을 보면 나는 왠지 모르게 마음이 뭉클해졌다. 분명히 살아 있는 것의 위로를 받았다.

며칠째 몸이 좋지 않았던 여름의 끝이었다. 무심코 바라본 화분에서 몬스테라의 새순이 꼿꼿하게 위를 향해 자라고 있었다. 나는 어디로 갈지 모르겠는데, 너는 어디로 갈지를 알고 있구나. 푸른 생명력을 한동안 바라보았다. 새순은 날마다 조금씩 자라나 마침내 잎을 조금씩 벌려 연둣빛 이파리를 내보였다.

난 항상 그대로인 것 같았다. 재활은 더디고 난 자꾸만 뒤로 걸었다. 앞으로 나아가질 못하는 것 같았다. 그럴 때 식물은 나에게 걱정 말라고, 아무것도 아닌 시간은 없다고 말해주는 것 같았다. 햇빛을 향해 고개를 내밀고 매 순간 조금씩 자라나는 자신들처럼 나도 그렇게 나아가고 있다고 다독여

주는 것 같았다.

여름 내내 하나도 자라지 않은 것 같던 몬스테라는 결국 여름의 끝자락에 새순을 틔웠다. 여름 내내 자라고 있었다.

나는 식물에게서 배운다. 나도 그들처럼 자라고 있을 것이다. 눈에 보이지 않더라도 매 순간 자라고 있는 식물처럼, 나의 꾸준한 노력도 언젠간 싹을 틔워낼 것이다. 지금보다 더 멀리 걸을 수 있을 것이다. 앞으로 나아갈 것이다.

아침마다 나를 다독이며 자리에서 일어난다. 틀림없이 그 자리에서 나를 기다리고 있을 나의 식물들에게 간다. '오늘의 안녕'•을 건네며 하루를 시작한다.

• 가수 이영훈의 노래 〈오늘의 안녕〉을 인용.

그리움만 쌓이네
—2022년의 글

그리움이 커지는 날이 있다. 편두통이 이어져 삼 주 만에 산책을 나간 날, 예진이 생각이 났다. 내가 이렇게 집 주변만 겨우 걷다가 공원도 걷게 되고 더 멀리 나갈 수 있게 되는 날이면 그 아이를 만나러 갈 수 있을지도 몰랐다.

예진은 내가 스물아홉에 가르쳤던 제자였다. 예진은 유독 나를 잘 따랐다. 사랑을 많이 받았고 받은 사랑을 가득 주었다. 따뜻했던 한 해였다.

아픈 이후로도 매년 스승의 날이면 예진에게 메시지가 왔다. 스승의 날에 생각나는 건 샘밖에 없다고, 보고 싶다고, 잘 지내느냐고 묻는데 나는 잘 지낸다는 말을 할 수가 없었다.

잘 지내고 있지 못했다. 일 년에 딱 한 번인데, 단 하루인데도 나는 잘 지낸 적이 없었다.

그저 몸이 아파 학교를 쉬고 있다고 말했을 뿐, 어떻게 아픈지는 말하지 않았다. 그다음 해에도 여전히 몸이 아파 쉬고 있다고 말했으니 작은 문제가 아닌 것만은 알았을 것이다. 예진은 그저 건강하길 바란다고, 보고 싶다고 말했다. 그런 말을 들을 때마다 나도 항상 보고 싶었다. 우리는 여전히 같은 도시에 살고 있는데 얼굴 한 번 보질 못했다. 몸이 아픈 이후 좌절하고 또 좌절한 일상이었지만, 만나자는 제안을 매년 거절하는 일은 익숙해지지 않았다. 마음이 쓰렸다.

올해 스승의 날에도 어김없이 예진에게 연락이 왔다. 이제 겨우 스물넷인데 그동안 뭘 얼마나 열심히 일했던 건지 가게를 열었다고 했다. 어린 나이에 자기 몫의 책임을 짊어진 아이가 든든하고 대견했다. 가게는 멀지 않은 곳이었다. 포털에 검색해보니 리뷰가 엄청 많아서 가게에 가면 아이가 너무 바빠 이야기를 제대로 나누지 못할 것 같았다.

보고 싶다고 했다. 언제나처럼 예진은 나에게 잘 지내냐며, 만나고 싶다고 했다. 약을 먹고 일찍 잠자리에 든 나는 아침에 일어나 오래 고민하다 답장을 보냈다.

―샘도 우리 예진이 많이 보고 싶은데 아직 만날 약속을 하고 지킬 수 있는 몸 상태가 아니야. 빠르면 올해 말에나 볼 수 있을까? 몸 좀 나아지면 우리 예진이 만나는 거 꼭 기억하고 있을게. 아직 집 가까이 말고 외식하러 나가는 것도 잘 못 하지만 혹시나 가능해질 때 가게도 꼭 놀러 갈게. 마음은 엄청 보고 싶어. 몸이 안 따라줄 뿐이야. 예진아, 오늘 하루도 힘내고 좋은 일만 가득하길 바랄게. 샘은 뿌듯하고 든든해.

스승의 날은 신기루 같다. 하루 동안 받은 따뜻한 기운으로 또다시 일 년을 살아간다. 연락이 온 대부분의 아이들과 몸이 나아지면 만나기로 했고, 그건 예상은 할 수 없지만 먼 미래에나 가능한 일일 테니 머릿속에서 지우려 노력했다. 곧 볼 수 있을 거라는 말로 몇 년을 지나 보낸 터였다. 또 얼마의 시간이 더 흘러야 할지 모르니 들뜨지 말자며 외롭고 고독한 최소한의 나로 돌아오기 위해 노력했다.

하지만 예진이 생각은 하지 않을 수가 없었다. 예진이 운영하는 가게는 운동센터에 가는 길 근처에 있었다. 여기서 핸들만 꺾으면 바로 네가 있는 곳이야. 나는 그 거리를 지나며 그 생각을 하지 않은 적이 없었다. 운동을 끝내고 돌아올 때면 사거리에서 좌회전을 해 가게를 찾아가볼까 싶었지만,

집과 운동센터를 오가는 것, 그 이상을 할 에너지가 없었다. 나는 거의 매일 편두통으로 눈앞이 흐렸고 운동이 끝나면 집에 가 오래 쉬었다. 차가 있으니 가게 앞까진 갈 수 있을 것이었다. 하지만 그 이상의 모든 것은 할 수 없었다. 사 년 만에 만나는 아이에겐 꼭 밝게 웃어주고 싶었다. 그런 상태론 갈 수 없었다.

한동안 몸이 좋지 않아 산책을 할 수 없었다. 운동을 가선 내 몸을 무리해서 쓴 것에 혼이 났고 매일 남은 편두통 약 개수를 셌다. 그날은 새벽엔 약을 먹었지만, 오후가 되자 좀 걸을 수 있게 된 날이었다. 삼 주 만에 운동화를 신고 바깥에 나왔다. 그리고 그 아이가 생각났다. 보고 싶었다.

언제 만날 수 있을지 알 수가 없어서 연락을 할 수 없었다. 그 아이도 어른이 되었지만 나는 더 오래 산 어른이 되어 이럴 때는 그리움을 삼켜야만 한다는 걸 알았다. 아무것도 약속할 수 없을 때, 보고 싶다는 말만 허공에 띄워 보내고 싶진 않았다. 보고 싶다는 말보다 산책 한 번이 그 아이에게 가까이 가는 길임을 알았다. 터벅터벅 힘없이 걷다 잠시 벤치에 앉아 숨을 고르며 그리움을 삼켰다.

예진은 내가 교사를 하며 음악을 하는 것을 모두 지지해주었다. 이미 팔 년이나 지나버린 일인데도 따뜻한 말들이

귓가에 선했다. 학교를 그만두었다는 나에게 예진은 내가 행복하다면 아무 상관이 없다고 말한 적이 있지만, 내 공연을 따라다니겠다고 말하던 그 아이의 얼굴이 어제 일처럼 떠올라 멈칫했다. 내가 아픈 사람을 제외한 다른 누구라도 되었다면 얼마나 좋았을까?

　

　—예진아.

　네가 지척에 있는데도 거기까지 갈 힘이 없어서 난 이렇게 편지를 써.

　선생님도 음악도, 아무것도 그만두지 않는 사람이 되었으면 좋겠다고 했는데, 샘은 두 개 다 그만둬서 어떡해? 보고 싶어도 보러 갈 수 없는데 어떡해?

　나는 겨우 집 앞만 산책할 뿐이야.

　일주일에 두 번 몸을 고치고 오는 날엔 사거리에서 유턴 한 번이면 너에게 닿을 수 있다는 걸 알지만 항상 실패해. 난 갈 수 없어. 사람을 만나 대화를 나눌 에너지가 아직은 없어.

　너를 만나면 얼마나 반가울까? 얼마나 많은 말을 너에게 들려줄까?

　널 보러 가고 싶어. 너에게 가고 싶어.

　보고 싶어.

휴대폰을 꺼내 메모장에 보내지 못할 편지를 적으며 혼자서 소리 없이 울었다. 그리움이 사무친다는 게 이런 기분인 걸까.

그리움은 쌓인다. 그리움이 '쌓인다'는 표현은 정말로 오랫동안 누군가를 그리워해본 이가 쓰기 시작했을 것이다. 시간이 지나면 그리움은 쌓인다. 켜켜이 쌓여 눈처럼 소복해진다.

아픈 지 거우 일 이 년이 되었을 무렵엔 그리움이 크지 않았다. 보고 싶어 할 순 있었지만, 그리움이 쌓이진 않았다. 아직 오래 아픈 이가 되지 않았을 때의 일이다.

올해로 아픈 사람으로 사는 것이 벌써 오 년째다. 내 몸은 처음 통증이 시작되었던 최악의 시기보다는 분명히 나아졌다. 하지만 일상으로 돌아가게 될 날이 언제일지는 확신할 수 없다. 내가 언제 누군가를 다시 만나게 될 수 있을까? 지금으로선 아무것도 알 수 없다. 그리고 긴 시간 동안 그리움은 충실히 쌓여왔다. 시간이 쌓일수록 내 인생의 소중한 사람들에 대한 그리움은 더해질 뿐 덜해지지 않았다.

네가 보고파서 나는 어쩌나. 집에 돌아와 혼자 〈그리움만 쌓이네〉를 부르며 펑펑 울어버린 그날, 나는 이 그리움이 절대 사라지지 않을 것임을 알았다. 몸이 나아지고 그리운 이들을 직접 만나기 전까진 사라지지 않을 것이다. 그리움이 쌓이고 있었다. 그리운 아이들의 얼굴을 헤아리며 나는 목놓아 노래를 불렀다.

3부

마지막 무대는 시작되지
않았어

다시 시작하기

몸을 가눌 수가 없었다. 가만히 있을 수도 없었다. 발을 동동 구르며 쉴 새 없이 움직이다 어깨에 찜질팩을 올리고, 그마저도 무거워 던져버린 뒤 탁자 위를 정리했다. 너무 아파 울면서 물건을 던지다시피 했다. 휴대폰을 열어 운동 선생님의 연락처를 찾았다. 몇 번을 망설이다 결국 보내지 못한 문장이 메시지 입력창에 그대로 남아 있었다. 나는 구조 요청을 하듯 다시 운동을 하고 싶다고 그에게 메시지를 보냈다. 다섯 달 만이었다.

그곳까지 내가 운전을 해서 갈 수 있을지도 아직 모르는 일이었다. 온갖 빛은 어떡하지? 부딪치는 수밖에 없을 것 같았다. 그와의 상담을 예약했고, 여전히 울며 그다음 날로 예정됐던 문구점 오픈일을 미뤘다. 그보다 더 아플 수는 없을 것 같았다.

재활은 꽤 오래도록 멈춰 있었다. 몸살이 심해져서 미루고, 손 수술을 하게 돼서 또 미루었다. 손만 나아지면 다시 갈 수 있을 줄 알았다. 그사이 하루도 끊이지 않는 편두통이 생길 거라곤 생각도 하지 못했다. 재활을 하러 나가지 못하는 사이 내 몸 상태는 점점 나빠졌다. 편두통에 잠식당해 주로 몸을 구기고 있던 겨울이 지나자 상체의 통증이 악화되었다. 기억하고 싶지 않은 최악의 통증 상태로 돌아간 것 같았다.

내가 다시 이전 해의 재활을 이어가게 된 것은 꼬박 육 개월이 지난 후였다. 10월에 미루고, 4월이 되었다. 나는 여전히 기본 동작이 어려웠고, 내 몸은 더 나빠진 상태였다. 이전 해에 했던 것들이 모두 다 물거품이 되었다고 느낄 만큼 나는 바닥을 쳐버린 것 같았다.

"몸이 어떻게 이렇게 되죠?"

그는 나의 몸이 몹시 안 좋아졌다고 했다. 나도 요새 내 몸을 가누기가 매우 힘들다고 말했다. 그날도 언제나처럼 두통이 있었고, 운전까지 하고 와 조금 더 심해진 상태였다. 나는 그의 말이 뿌옇게 들렸다. 두통은 나와 세상의 경계를 안

개처럼 흐리게 만든다. 모든 소리와 빛과 냄새에 예민하지만 나는 내 앞만 겨우 보고 걷는 느낌이다. 시야도 사고도 모두 좁아졌다.

"어깨가 왜 아프겠어요?"

"쓰지 말라는 건가요?"

"네. 아프면 쓰지 말아야 해요. 아플 때 쉬지 말고 불편할 때 쉬세요. 머리가 왜 아프겠어요. 생각을 하지 말라는 거죠. 몸의 신호를 무시하지 마세요."

"그럼 이렇게까지 다 아프면 그냥 살지 말라는 거 아니에요?"

몸의 신호를 듣다 듣다 지쳐버린 내가 말했다.

"마음을 무리하지 말라는 거죠."

아, 마음. 나는 터져 나오려는 눈물을 간신히 참아냈다.

그때의 내 마음은 분명히 무리하고 있었다. 마음이 비명을 지르는데도 무리해서 일을 했다. 교직을 내 손으로 때려치워 놓고도 불안함을 못 이겨 무리해서 무언가가 되려고 했다.

아픈 어깨로 문구를 만들고 포장을 하고 스토어를 열었다. 매일 편두통으로 머리가 터질 것 같은데도 문구 신상을 만들 생각과 고민에 빠져들었다. 그때의 나는 최악의 몸으로 끊임없이 일하는 말도 안 되는 상태였다. 몸이 나빠진 건 당연한 결과였다.

매일 머리가 아팠다. 머리를 감싸고 몸을 한껏 웅크리면 어깨 통증이 심해졌다. 나는 아픈 머리를 움켜쥐어야 할지, 어깨를 내려야 할지 혼란스러웠다.

"결국 본인이 선택하는 거예요."

그는 모든 행동은 나의 선택이라고 말했다. 자세를 웅크린다고 두통이 사라지는 것도 아니다. 하지만 어깨와 목은 분명히 나빠졌다. 나는 나아지는 선택을 하기로 했다.

두통이 찾아오면 자연스레 머리를 감싸게 됐지만, 그의 말을 떠올리며 팔을 내렸다. 몸을 웅크리는 대신 바르게 펴고, 가슴을 내리고 어깨에 힘을 뺀 채 가지런히 누웠다.

나는 그와 함께 다시 시작하기 버튼을 눌렀다. 긴 공백을 깨고 재활을 이어나갔다. 일주일에 한 번 선글라스를 끼고 빛을 피해 운전을 해서 센터까지 갔다. 그리고 6월이 되어서는 일주일에 두 번씩 운동을 하러 나갈 수 있게 되었다.

일주일에 정기적인 외출을 두 번이나 할 수 있다는 것이 새삼 놀라웠다. "일주일에 두 번 올 수 있게 되면 몸이 나아지기 시작합니다." 그가 말했던 그 시기가 이렇게 왔다.

날마다 홀로 통증과 싸우고 있었지만, 운동만은 무슨 일이 있어도 나갔다. 무슨 일이 있어도 나오라고, 일주일에 두 번은 꼭 와야 한다고 그가 말했고, 나는 그 말만은 지키려 노력했다. 일 년에 열 번을 나가다 일주일에 두 번을 나갈 수 있게 된 내게 그 컨디션을 유지하는 것은 매우 중요했다. 다시는 뒤로 걷고 싶지 않았다.

"혜린 님은 저를 왜 믿어요?"

어느 날은 그가 뚱딴지같은 질문을 던졌다. 믿으니까 여기 있는 거죠. 사람을 믿는 건 대화나 인상 같은 걸 종합적으로 보는 거 아닌가요. 갑작스러운 질문에 대답을 버벅거렸다. 그는 최근 수업시간에 하는 동작의 원리와 이유 같은 것을 궁금해하는 회원이 있어 묻는다고 했다.

"모르겠으면 제가 질문하겠죠. 근데 저 아직 동작 몇 개 안 했잖아요."

사실 꺼내면 눈물이 날 것 같아 하지 않은 말이 있었다.

'희망의 증거라서요.'

아프다는 사람은 많이 봤지만, 나았다는 이야기는 들은 적이 없었다. 수많은 병원과 운동센터를 돌아다녔지만 내가 왜 아픈지, 어떻게 하면 나을 수 있는지 아는 사람은 아무도 없었다.

나는 그곳에 처음 찾아갔을 때 그가 나에게 했던 이야기를 믿었고 앞으로도 믿을 것이다.

삐걱거리는 몸을 제대로 세우기 위해 안간힘을 썼다. 매 순간 고통스럽지만 포기하지 않았다. "아플 때 말고 불편할 때 쉬어야 해요." 그의 목소리가 들리는 듯 몸이 무너지면 자세를 다시 정렬하길 반복했다. 계속 실패했지만, 다시 노력하는 것을 멈추지 않았다. 나아지겠다는 바람 하나로 그저 앞만 보고 걸었다.

모든 터널엔 끝이 있어

아파트 단지를 한 바퀴 도는 것도 힘겹던 때였다. 무거운 다리를 이끌고 산책길에 나섰는데, 그날따라 문득 내가 어두컴컴한 터널을 지나고 있는 것처럼 느껴졌다. 끝이 보이지 않는 길고 긴 터널 같았다.

아파온 시간은 점점 길어져가고 몸의 회복은 요원해 보였다. 이렇게 걸어 언제 끝에 가닿을 수 있을지 도무지 알 수가 없었다. 눈부신 햇살에 머리가 어질해져왔다. 이 터널이 끝나긴 할까? 좁고 어두운 터널만이 계속되는 채로 몇 년을 살아온 것 같았다. 터널이 끝나지 않을까 두려웠다. 이렇게 영영 까만 어둠 속에 갇혀버리는 건 아닐까. 사전을 열어 터널의 의미를 찾아봤다. 터널은 통로였다. 이곳과 저곳을 연결하는 길, 아무리 길고 어두울지라도 결국 다른 끝으로 통하는 것이 터널이었다.

모든 터널엔 끝이 있다. 내가 걷는 이 터널도 언젠간 끝이 있을 터였다. 이렇게 멈추지 않고 앞으로 가다 보면 결국 끝에 가까워질 것이었다. 끝이 있어, 결국 끝이 있어, 라고 머릿속으로 되뇌며 그 끝을 향해 가는 듯, 한 걸음 한 걸음 앞으로 걸어갔다. 내가 앞으로 가지 않으면 끝에도 가까워지지 않을 것 같았다. 그러므로 나는 끊임없이 앞으로, 어디인지 모를 그곳으로 가야만 했다.

"혜린 님은 몸이 좋아지면 무슨 일을 하고 싶어요?"

얼마 후 운동 선생님이 물었을 때 나는 많이 놀랐다. 내가 무슨 '일'을 할 수 있게도 되는 건가? 기대라는 걸 가져도 되는 건가? 그의 질문은 내가 좋아질 거란 가정에서 나온 말이었다. 나조차도 가정해보지 않은 일이었다. 집에 오는 길에 그 말이 생각나 펑펑 울었다. 누군가는 내가 좋아질 것을 믿고 있었다. 그런 날이 올 수도 있다.

기대해본 적이 없어 생각해본 적도 없었다. 괜한 기대를 했다 실망하고 슬퍼지고 싶지 않았다. 내가 무언가를 할 수 있으리라는 기대는 인생에서 지운 지 오래였다. 그런데 그가 이렇게 희망 카드를 번쩍하고 꺼냈다. 그럼 다시 노래를 불러도 되나? 공연도 할 수 있나? 음악에까지 생각이 닿자 다시 눈물이 앞을 가렸다. 상상치도 못한 미래였다. 내가 원하는 무언가를 할 수 있게 될 수도 있다.

내가 나를 믿지 않았다. 나을 거라는 그의 말은 믿었지만 나를 믿긴 어려웠다. "낫는다는 걸 믿어야 나을 수 있어요." "샘이 낫는다고 했으니까 믿어요." "혜린 님은 제 말을 믿는 거지, 혜린 님이 낫는다는 건 안 믿고 있어요." 내 마음을 꿰뚫어본 듯 그가 여러 번 말했다. 운동은 정기적으로 나갔지만, 희망적인 마음은 아니었다. 내가 정말 나을 거라는 희망은 품기 어려웠다. 나는 그저 멍한 눈빛으로 캄캄한 터널의 한가운데 서 있을 뿐이었다.

집에 돌아와선 그의 질문에 대해 오래도록 생각했다. 내가 나으면, 정말로 몸이 좋아지면 하고 싶은 게 뭘까. 그가 말한 대로 출퇴근하는 어떤 풀타임 직업을 가질 수도 있었다. 과외를 하며 영어를 가르칠 수도 있었다. 그런데 그런 것들을 나의 희망리스트 1번에 놓고 싶진 않았다. 별로 가슴이 뛰지 않았다.

'수영을 하고 싶어.'

마음의 소리가 말했다. 물속에 있을 때 느꼈던 평화를 다시 느끼고 싶었다. 내가 유일하게 좋아한 운동이었지만, 수영복을 갈아입을 체력도 없어 오랫동안 엄두도 내지 못한 일이었다. 수영을 다시 하고 싶다는 생각만 해도 왠지 눈물이 났다. 그런 날은 다시 오지 않을 것만 같았다. 내가 정말 수영을 다시 할 수 있나? 수영을, 내가, 정말, 다시?

"선생님, 전에 몸이 좋아지면 무슨 일을 하고 싶냐고 물으셨잖아요. 전 일은 안 하고 싶어요. 수영하고 싶어요. 저 나중에 수영도 할 수 있어요?"

"그럼요"라는 그의 말에 나는 눈물이 날 것 같았다. 하지만 울지 않고 신이 나서 몇 번이고 다시 물었다. 정말요? 언제요? 자유형은 오른쪽 호흡만 하는데 목이 괜찮아요? 해도 돼요? 괜찮다고, 몸이 좋아진 후라면 다 해도 된다고 그가 말해주었다. 나는 당장이라도 물에 들어갈 것처럼 신이 났다. 수영을 다시 할 수 있는 미래라면 기대를 좀 가져봐도 될 것 같았다.

몸이 좋아지면 도전해볼 일 목록을 적어보기 시작했다. 수영은 목록의 마지막 단계에 자리 잡은 장기 목표였다. 산책 십오 분, 산책 삼십 분, 동네 병원 걸어갔다 오기, 하루에 요리 하나 하기 같은 작고 사소한 목표들이 쌓였다. 언젠간 카페에 가서 글도 쓰고 고향에도 가고 오빠 집에도 놀러 가야지. 하고 싶은 일들을 적다 보니 다가올 미래도 살고 싶어졌다. 생기를 잃었던 눈빛이 다시 반짝였다.

그저 목록 하나를 쓰는 것이 커다란 의미가 될 거라 생각하지 못했다. 하지만 내가 무언가를 하나씩 더 해나갈 수 있다고 믿는 것이 앞으로 걸어 나갈 수 있는 용기가 되었다. 여기가 어딘지도 모르게 길고 긴 터널 속을 헤매다가 나의 위치를 알려주는 표지판을 세우게 된 것 같았다. 이만큼 왔고, 또 열심히 앞을 향해 저만큼 가고, 다시 계속 걷다 보면 빛이 새어 나오는 터널의 끝에 가까워질 것만 같았다. 그 끝에서 나는 시원한 수영장에 풍덩 하고 뛰어들 터였다. 나를 잡아끄는 무거운 중력에서 벗어나 가벼운 부력의 세계에서 자유로움을 만끽할 모습을 그려보았다.

목록은 한동안 잊고 있었다. 그러다 동네 병원에 걸어갔다 온 날 문득 떠올라 노트를 펼쳐보니 내가 이룬 일이 생각보다 많았다. 매우 느리지만 나는 계속 나아가고 있었다.

몇 개월 후엔 걸어서 왕복 삼십 분이 걸리는 동네 마트에서 장을 보고 왔고, 오는 길에 카페에 들르기도 했다. 산책 코스도 아파트를 벗어나 집 근처로, 길 건너 골목 구석구석으로, 하천가 공원으로 다양해졌다. 나를 둘러싼 원이 점점 확장됐다.

다른 사람의 말로 겨우 예측해보던 미래를 조금씩 나의 마음으로 믿게 됐다. 내가 나아지고 있구나, 앞으로 더 나아지겠구나, 하고 믿는 것. 미래에 대한 믿음이 현재의 나를 살게 했다. 노트에 눌러 적은 하고 싶은 일 목록이 나를 단단하게 만들어주었다.

한때 '희망은 미래에 있어요'라고 적은 메모지를 눈에 보이는 곳에 붙여두고 매일 보았다. 아직 오지 않았지만 내가 바꿔 나갈 미래, 그 속의 나는 분명 나아져 있을 것 같았다. 나를 믿고 끝까지 가보기로 했다. 터널 끝의 밝은 빛을 만날 때까지 희망을 손에 쥐고 걸어가기로 다짐했다.

새로운 몸을 갖고 싶어

플레이리스트를 아무 생각 없이 계속 재생하자 시와 언니의 노래가 연이어 나왔다. 두리번거리다가 잘 다녀왔다고 말하고, 그러다 새 이름을 갖고 싶다고 노래했다.

갖고 싶어 새로운 이름

다르게 살아보고 싶어

아무도 모르는 곳에서

시작하는 듯 새로운 인생

— 〈새 이름을 갖고 싶어〉

언니는 새 이름을 갖고 싶다고 했다. 새 이름만 있다면 다시 태어난 듯 새롭게 살 수 있을 것 같다고 했다.

나는 말하자면 새 몸을 갖고 싶다. 새 몸을 갖고 팔짝 뛰어 보고 싶다.

"사람 몸은 기계가 아니에요. 고쳐 써야죠"라는 운동 선생 님의 말에 "기계였으면 이미 버렸겠죠"라고 대답했던 것 같 다. 내 몸이 기계였다면 이미 버리고 새 걸로 하나 장만했겠 지. 하지만 몸은 바꿀 수 없다. 내가 고쳐 나가는 수밖에.

일주일에 두 번 몸을 고치러 간다. 필라테스를 하긴 하는 데 어디선가 본 것처럼 기구 위를 날아다니거나 몸을 요리조 리 움직이진 못한다. 나는 하루에 딱 한 동작만 한다. 그마저 도 내가 내 몸 하나 못 가누며 낑낑거리고 후들거린다. 절반 은 치료를 받고 나머지 절반의 시간엔 몸의 한계를 체험하는 것이 내가 하는 필라테스다.

앉는 법, 서는 법, 눕는 법까지 모두 새로 배우고 있다. 여 섯 달이 지났는데도 아직 배우는 중인 것은 내가 아직도 제 대로 앉거나 서거나 눕는 게 뭔지 잘 모르기 때문이다. 지금 내 몸은 뭐가 바른 자세인지 모르기 때문이라는데, 그래도 노력하는 게 도움은 된다고 하니 내가 할 수 있는 범위에서 용을 써본다.

4월에 다시 센터를 찾았을 땐 내 몸을 아예 가누지도 못하는 상태였는데, 이젠 골반을 세우는 것은 조금 터득했다. 골반을 세우면 몸이 무너지지는 않는다는 걸 알았다. 물론 골반을 세우는 것 또한 내 몸이 아직 제대로 알지 못한다는 게 문제긴 하지만.

몸을 이렇게 저렇게 누르고 당기고 꺾으면 바른 자세의 내가 된다. 평소의 내 자세와는 팔다리가 달렸다는 것 말고는 같은 점이 없는 것 같다. "제가 혼자서 이렇게 할 수 있는 방법은 없는 건가요?" 이미 수십 번은 물은 것 같은데 매번 묻는다. 그리고 선생님은 몸이 나아져야 이 자세를 할 수 있을 거라고 말한다. 지금은 못 해요, 라고 덤덤하게 팩트를 날린다.

지금은 그 바른 자세라는 것이 매우 어색하다. 내 몸이 그걸 몰라서 그렇다고 한다. 대체 언제까지 계속 알려줘야 하지? 난 언제까지 몸을 고쳐야 하지?

"혜린 님은 저를 얼마나 볼 것 같아요?"

(골똘히 고민한 후) "삼 년?"

마음을 비우고 삼 년을 부른다. 언제 괜찮아지냐고 물으면 그는 모른다고 한다. 다른 사람들은요? 라고 물으면 그건 다른 사람들이라고 한다. 그러니까 내 몸은 나 한 명, 내 상황도 나 하나라 예측이 불가능한 것이다.

"올해 몇 살이죠?" (벌써 세 번은 더 물었다.)

"서른여섯이요."

"그럼 마흔 전엔 나아지게 열심히 해볼까요?"

아니, 보통 이삼 년 걸렸다면서 마흔이면 사 년이잖아요, 야속해서 마음속으로만 눈물을 찔끔 흘려본다. 지금의 나로 선 빠르게 낫기보단 제대로 낫고 싶다. 빠르게 제대로 낫는 것이 가장 좋겠지만, 그런 건 세상에 존재하지 않는다. 재활 은 보통 아팠던 시간만큼 걸린다고 가정한다고 한다. 그러니 까 내가 삼 년을 아팠는데 일 년 만에 낫길 바랄 순 없는 것이 다. 오래 아픈 와중에도 안 좋은 증상들이 추가되고 체력은 떨어져갔으니 삼 년은 그냥 삼 년이 아니다. 무너졌는데 그 위로 파편들이 우르르 쌓이고 또다시 무너지고 무너지길 반 복하는 n차 붕괴의 현장이었다.

무너지고 또 무너졌던 몸을 이끌고 센터로 향한다. 가는 것 이 힘들지만 일단 가면 조금이나마 나아질 것을 알기 때문이 다. 기둥을 다시 세우는 일은 꾸준함만이 열쇠이기 때문이다.

"인생이 너무 길어요."

아픈 몸으로 필라테스 동작을 하다 혼이 나가버린 내가 말한다.

"근데 몸만 나아지면 인생이 살 만해져요."

이 모든 과정을 전부 겪은 그가 말한다. 아플 땐 사는 게 고통이고 살고 싶지 않은 거 다 아는데, 몸만 안 아프면 사는 게 괜찮아진다고. 인생이 살 만해진다고.

지금의 나는 매우 살 만하지 않다. 이런 몸을 가지고 살 만함을 느끼기엔 몸과 정신이 너무 하나다. 몸이 정신이고 정신이 몸이다. 둘은 떼놓을 수 없다.

내가 인생이 너무 길다고 말하는 것은 이렇게 사는 게 너무 지치고 힘들다는 말이다. 인생이 짧아져 이 고통도 짧게 겪고 싶다는 말이다. 하지만 그럴 때마다 그는 통증이 없으면 인생이 정말 살 만하다고, 정말 살 만해진다고 말한다. 인생이 살 만해지는 느낌은 대체 뭘까?

그게 뭔지 지금은 알 수 없지만 그런 게 있다고 하니 끝까지 가보고 싶다. 그의 나아진 환자 a, b, c… 중 z라도 되어 눈앞이 캄캄한 미래의 누군가에게 희망의 예시가 되고 싶다. 내가 가장 위안을 받는 것은 나아진 내 앞사람들의 이야기이기 때문에.

새로운 몸을 갖고 싶다. 그러니까 잘 깁고 꿰매고 고쳐서 만들어낼 나의 두 번째 몸. 새로운 몸만 있다면 다시 태어난 듯이 새로운 시간을 새롭게 살 수 있을 것 같다. 살 만해진다는 그 인생도 한번 살아보고 싶다.

　새 이름만 있다면 다시 태어난 듯이
　새로운 시간을 새로웁게 살 거야.
　─〈새 이름을 갖고 싶어〉

인생의 엉킨 목걸이 풀기

친애하는 윤 님에게

오늘 윤 님의 편지와 노트가 도착했어요. 저는 편지를 꺼내자마자 그대로 멈춰 서지 않을 수 없었어요. 맞아요, 윤 님. 우울하지 않은데 불면증이 있을 수 없어요. 그리고 오래 아픈데 우울하지 않을 수도 없고요. 저는 오래 아파서 우울하고 불면증도 있어요.

굳이 순서를 바로잡아본다면 일을 하면서 우울과 불안이 생겨 불면증이 먼저 왔고, 아마 그 우울과 화가 몸의 병이 된 것 같다는데 몸이 오래 아프다 보니 학교를 제 인생에서 제거했는데도 우울과 불안, 불면이 남아 있어요.

당연하게도 전 이제 학교 때문에 우울하진 않아요. 그러니 제 우울은 분명히 일정 부분 사라지긴 했는데, 이젠 다른 게 자리를 잡아버렸어요.

오래 아프다 보니 무력감이랄까 그런 것들이 쌓여서, 오래 아픈 이들이 어쩔 수 없이 빠져들게 되는 우울의 블랙홀 같은 것이 생긴 상태예요. 남편이랑 즐겁게 이야기를 나누고, 산책도 이제 삼십 분이나 하고, 맛있는 것도 먹고, 한가롭게 푸릇한 식물들도 돌보지만 그 블랙홀이 사라지진 않아요. 고작 잠시 잊을 수 있는 정도랄까요.

몸이 완전히 나아지기 전까진 그 블랙홀은 계속 남아 있을 것 같아요. 그게 언제가 될지는 저도 모르겠어요. 그냥 열심히 걸어가고만 있어요. 언젠간 끝에 닿겠지, 하면서 말이에요.

그렇게 점점 몸이 나아지면 블랙홀의 크기도 점점 줄어들고, 종국엔 사라지지 않을까, 생각해요.

그래도 우울의 블랙홀이 있던 자리는 꽤 커서 흔적을 남길 것만 같은데, 전 제가 완전히 나아지더라도 오래 아픈 사람을 마주하거나 비슷한 이야기를 만나게 되면 왠지 마음이 조금은 찌릿할 것 같아요. 흔적도 없이 사라지기엔 꽤 오랜 기간 자리를 차지하고 있던 것이라서요.

그런데 이렇게 제가 우울하진 않은지 마음은 괜찮은 건지 누군가 따뜻한 말을 건네주는 게 별로 없는 일이라, 전 윤 님의 편지를 읽자마자 엉엉 울고 말았어요. 저 우울증 맞나 봐요. 원래 눈물이 많긴 하지만 이건 완전 우울증 눈물이었어요. 시간이 오래되면 보통 눈물과 아닌 눈물도 구별할 수 있게 되는 거, 혹시 아세요?

윤 님의 애인분이 지나치게 밝은 상태를 유지하려는 게 오히려 걱정이라고 하셨잖아요. 그리고 저를 생각하셨다는 문장이 다음에 바로 붙어 있어 저는 울지 않을 수 없었어요.

전 아주 다행스럽게도 한없이 밝다가도 아프거나, 글이 뜻대로 풀리지 않거나, 편두통 발작이 찾아오거나, 재활이 너무 오래 걸려 지치고 힘들면 그냥 대놓고 풀이 죽고 우울해져버려요.

지난주에 운동을 갔을 때도 죽을상을 하고 "요새 좀 우울해요"라고 말했더니 재활샘이 "맨날 밝으면 그게 더 문제 아니에요?"라고 해줘서 그대로 쭉 우울할 수 있었어요. 재활샘은 본인의 경험 때문에 오래 아프면 정신도 아프게 된다는 걸 너무 잘 아시는 분이라 제가 풀이 죽어 있는 것도 대체로 잘 이해해주시는 편이에요.

전 요새 정기적으로 꼭 보는 사람이 남편과 재활샘밖에 없는데 남편에게 모든 감정을 솔직하게 표현하는 건 물론이거니와, 일주일에 두 번 만나는 재활샘에게도 애써 밝은 척하려 한 적이 한 번도 없어요. 저의 우울을 내보일 수 있는 사람들이라 다행이라고 생각해요.

재활샘은 말을 직설적으로 하는 편인데, 오래 아프면 정신병에 걸린다고 말해요. 정신병이라는 말에 흠칫할 수도 있지만 사실 맞는 말이긴 하거든요. 비단 우울증뿐만 아니라 강박이라든가 불안 같은 것이 생길 수밖에 없어요. 오래 아프면요.

저는 올해로 아픈 지 오 년이 됐어요.

학교 때문에 받았던 정신적 스트레스를 모두 제거하면 마냥 가벼워질 줄 알았는데, 제가 원하지 않는 삶에서 벗어나기까지 이미 오래 아팠던 터라 우울증이 먹이를 달리해 계속 자라날 수 있다는 걸 미처 생각하지 못했어요. 원치 않는 일을 하며 마음과 몸이 아팠다는 걸 깨닫고 그 일을 인생에서 덜어냈을 땐 이미 오래 아픈 사람들이 빠져드는 우울의 블랙홀이 생긴 후였던 거예요.

저는 아픈 이후의 제 인생이 손댈 수 없이 마구 엉켜버린 목걸이 뭉치 같아요. 풀려고 할수록 매듭이 더 단단해져버려 결국 답이 없어진 서랍 속 오래된 목걸이 뭉치 말이에요. 설상가상으로 보관함 속에서 세 개가 한꺼번에 엉켜버린 골칫덩어리 말이죠. 저의 지난 오 년은 마치 그런 목걸이 뭉치 같았어요.

오래도록 맞지 않았던 직업, 그 직업에서 온 정신적 스트레스, 그것이 만들어낸 몸의 병, 병에 기여한 평생에 걸친 나쁜 자세, 저의 기질과 태도, 오랜 우울과 불안, 오래 아파 기한이 연장돼버린 우울증, 이 모든 게 엉망으로 마구 엉켜버린 것 같았어요. 엉킨 목걸이라는 게 그냥 한 바퀴만 돌리면 되는 간단한 문제가 아닌 것처럼, 저의 문제도 각자가 서로의 원인이자 결과가 되어 도저히 분리할 수 없게 단단히 묶여 있었던 거예요. 목걸이 세 개를 한 통 안에 넣어둔 것뿐인데 왜 이렇게 빠져나갈 작은 틈도 없이 묶여버린 건지 알 수가 없었어요. 대체 뭐가 문제였을까요? 제 인생은 어디서부터 잘못됐던 걸까요?

하지만 풀기 시작하면 엉키기 시작한 지점이 어디인지는 전혀 중요하지 않다는 걸 알게 되듯이 전 결국 그걸 알게 됐어요. 제 인생이 어디서부터 어떻게 잘못된 건지 궁금했는데, 그건 중요한 게 아니라는 거, 그거 하나만 알게 됐어요.

그저 지금 엉킨 이 매듭을 푸는 것만이 중요하다는 것을요.

처음엔 어디서부터 손을 대야 할지 알 수가 없었어요. 더 엉키고 더 아파지기만 한 채 이 년이 가버렸죠. 제가 비로소 매듭을 풀 수 있게 된 것은 글을 쓰기 시작한 다음부터였어요. 제 이야기를 쓰면서 저는 목걸이를 풀 방법을 조금씩 알게 되었던 것 같아요.

바늘 하나 들어가지 않을 만큼 꽉 막혀버린 매듭을 본 적이 있으세요? 오래된 목걸이 뭉치엔 그런 최악의 매듭이 하나쯤 있기 마련인데, 그런 매듭이 하나 떡하니 자리 잡고 있으면 다른 작은 것들은 풀어봤자 아무 소용이 없어요. 그걸 풀어야만 다음 단계로 넘어갈 수 있는 거예요.

저에게 그걸 풀어내는 방법은 학교를 그만두는 것이었어요. 제 인생에서 가장 엉망으로 엉켜버린 부분을 부단한 노력과 시도 끝에 제 손으로 풀어냈어요. 지나고 보니 제 목걸이는 그걸 풀지 않으면 절대 해결될 수 없는 문제였더라고요. 그 매듭을 풀지 않았다면 제 인생은 엉망으로 엉킨 채 서랍 속에 방치되어 그대로 끝까지 갔을지도 몰라요. 목걸이 풀기를 포기하지 않길 정말 잘한 일이죠. 그리고 그 후 저는 비로소 다음 관문으로 넘어갈 수 있게 됐어요.

재활 운동을 하러 가고, 평생 쓰던 몸의 자세를 고치고, 편두통을 치료하고, 취침 전 약을 매일 챙겨 먹고, 여전히 글을 쓰고, 산책 시간을 조금씩 늘려가면서 저는 제 인생의 남은 매듭들을 풀고 있는 중입니다. 짧은 시간에 뚝딱 해결할 수 있을 만큼 쉬운 문제는 아니지만, 답이 없지는 않기 때문에 시간을 두고 조금씩 차근차근 풀어나가고 있어요.

목걸이 풀기는 그런 것이거든요. 가장 지독한 매듭 하나만 일단 풀어내면, 나머지는 어떻게든 해볼 수 있어요. 저는 그걸 해냈기 때문에 나머지 매듭들도 결국엔 다 풀어낼 수 있을 거라 믿습니다. 아직 끝까지 가보지 않아 확신은 할 수 없지만 그렇게 믿으려고 노력하는 편이에요.

풀기 시작했다면 완전히 다 푸는 건 시간문제예요. 전 저에게 그저 충분한 시간만이 필요하다고 생각해요. 학교를 그만두면 아무 걱정 없을 것 같았지만, 이미 오래 아픈 이의 우울의 블랙홀에 빠져들었던 것처럼 저에겐 시간이 필요해요.

아, 혹시 실제로 목걸이 뭉치를 풀어보신 적이 있나요? 전 몇 달 전에 정말 엄청나게 꼬여버린 목걸이 뭉치를 푼 적이 있는데요, 처음엔 정말 바늘 하나 들어가지 않아서 그대로 버려버릴까 했어요. 그러다 오기가 생겨서 바늘로 여기저기. 마구 찌르다가 몇 시간 만에 겨우 풀어냈는데 가장 어려운 부분을 풀고 나니까 신기하게도 나머지 매듭은 그리 어려운 게 아니더라고요. 첫 번째 매듭 이후론 마치 해답지가 눈앞에 펼쳐진 것처럼 쓱쓱 그리 오래 걸리지 않아 다 풀 수 있었어요.

그렇게 전 제 인생의 목걸이를 열심히 풀고 있는 중입니다. 다 풀면, 우리 정말 만날 수 있겠네요. 제가 윤 님이 있는 곳까지 갈 수 있는 날, 꼭 만나기로 해요. 안녕.

여행이 전생의 기억처럼 느껴진다

휴대폰에 과거의 오늘이라며 가족 여행 사진이 떴다. 마지막 가족 여행이었던 오키나와 여행 때였다. 여름이라 통증이 조금 잦아들었고 아팠던 첫해라 아직 체력이 남아 있어 가능했던 여행이었다. 웃고, 걷고, 말하는 내가 사진에 담겨 있었다. 사진을 보니 여행 다니던 때가 마치 전생의 기억처럼 느껴졌다.

여행지에 도착해선 다른 때보다 쉽게 지쳤고 자주 쉬어야 했다. 하루 일정을 끝내고 오면 온몸이 저리고 등이 타들어갈 것 같았지만, 온 가족이 휴가 날짜를 맞춰 온 여행이라 혼자서만 숙소에서 쉬겠다고 할 수가 없었다. 마지막 날쯤엔 쉬고 싶은 마음이 굴뚝같았지만, 무거운 몸을 이끌고 숙소를 나섰다. 오늘 하루만 버티면 될 테니까. 그날은 시내 구경을 했는데 유난히 많이 걸어 숙소로 돌아오는 길엔 길바닥에 주저앉고 싶을 정도였다. 겨우겨우 숙소로 돌아온 후엔 돈키호테에서 산 진통 스프레이를 목과 어깨, 등 전체에 분사하곤 장렬히 전사했다. 마지막 밤이었지만 맥주는 마실 수 없었다.

그때는 여행 내내 참 힘들었다고만 생각했는데, 휴대폰이 띄워준 과거의 오늘을 보니 나는 웃고 있었다. 파란 하늘 아래서, 초록 잔디 위에서, 때론 햇살에 찡그리기도 했지만 나는 분명히 웃고 있었다. 이동과 통증이 힘들 뿐 끝도 없이 펼쳐지는 바다를 보는 것, 구름 한 점 없이 맑은 하늘을 바라보는 것은 가슴이 탁 트이는 일이었다. 가족과 함께하는 여행이 언제까지 이어질지도 모르니 여행을 같이 온 것만으로도 참 좋았다. 나는 더위와 통증에 지쳐 빨리 숙소에 가서 쉬길 원하는 막내딸이었지만, 그래도 일정을 따라갈 수 있었고 여행을 끝마칠 수 있었다. 지금으로선 그마저도 상상할 수 없으니 그때의 나는 그나마 건강했던 편이었다.

내가 아픈데 내 사정은 봐주지도 않고 여행 계획을 짠다며 툴툴거렸지만, 시간이 지나고 보니 그 여행은 나의 그나마 덜 아팠던 마지막 여행으로 남았다. 그리고 우리의 마지막 가족 여행이 되었다.

나는 여행을 많이 다니던 사람이었다. 방학 때면 주로 짐을 꾸렸다. 단수 여권에서 복수 여권으로, 그러다 결국 십 년 짜리 여권을 발급받았다. 자주 돌아다녔기에 아프고 난 후 어느 곳도 쉽게 가지 못하는 내 모습에 좌절했다. 나는 항상 어디로든 떠날 수 있는 사람이었다. 시간이나 돈이 문제가 된 적은 있지만, 나의 몸 자체가 문제가 된 적은 없었다. 시간도 돈도 아무것도 문제가 되지 않는데 몸 하나만 문제가 되는 상태가 되자 나는 깊은 상실감에 빠졌다. 내가 이미 가져봤던 것, 하지만 다시는 돌려받을 수 없는 것에 대한 끝없는 그리움과 갈망이었다.

나는 아직도 예전에 여행 갔을 때 이야기를 자주 꺼낸다. 내가 뉴욕에 갔을 때, 내가 파리에 있을 때, 내가 샌디에이고에 있을 때 같은 구절로 무수한 문장을 시작한다. 여름의 시원한 한 줄기 바람을 맞으면 뉴욕의 허드슨 강변 공원에 앉아 크리셋 미셸의 공연을 보던 때가 떠오르고, 어디선가 에펠탑을 보면 유람선을 타고 센강을 돌며 바라봤던 반짝거리던 파리의 밤이 생각난다. 지금도 어떤 노래를 들으면 금세 샌디에이고 공원의 큰 나무 밑에 누워 그 노래를 듣던 십 년 전 장면으로 돌아간다. 여행 갔던 일들이 모두 전생 같다. 내가 겪었으나 이번 생에서 일어난 일이 아니라고 생각될 만큼 지금의 나와는 멀게 느껴진다. 그렇게 걷고 뛰고 비행기를 탈 수 있는 나는 지금 없다. 사라진 지 오래다.

마지막 해외여행이었던 신혼여행에선 통증이 너무 심해 하루에 하나의 일정만 소화하곤 거의 앓아누웠었다. 열세 시간의 비행을 끝내고 인천공항에 도착했을 땐 몸이 부서지기 일보 직전이었다. 그대로 무너져내릴 것 같았다. 그때를 마지막으로 나의 여행은 끝이 났다.

해외여행은 말할 것도 없거니와 국내 이동도 자유롭지 않았다. 고정된 자세로 오랜 시간 앉아 있는 것이 어려웠기 때문이다. 집에서 세 시간 정도 걸리는 나의 고향 집에는 신혼 초에 다녀오곤 몇 년간 한 번도 가지 못했다. 목과 어깨와 등이 부서지는 것 같았기 때문이다. 장거리 이동의 통증은 하룻밤 자는 것으로도 금방 회복되지 않고 며칠을 앓게 했다. 나는 다시는 장거리 이동을 시도하지 않게 되었다.

방학이면 이곳저곳으로 훌쩍 떠나곤 했다. 외국의 생경한 거리를 거니는 내 모습이 그리 낯설지 않았다. 몇 년째 아파트 단지 주변만 걷는 내 모습은 확실히 낯설다. 예상하지 못했던 모습이다. 물론 방학마다 해외여행만 다녔던 것은 아니었다. 음악을 시작하고 나선 공연을 하는 게 가장 우선순위라 방학 때도 여행을 가지 않았다. 그땐 커다란 기타 가방을 메고 공연장을 누비며 살았다. 해외든 국내든 나의 이동이 자유롭지 않았던 적은 없었다. 아프기 전까지는 그랬다.

한동안 남편과 나는 밥을 먹을 때 〈걸어서 세계 속으로〉를 보곤 했다. 내가 가보았던 곳도, 가고 싶은 곳도 집 안에 앉아 가볼 수 있었다. 가봤던 곳을 다시 보는 것은 반갑고, 가보지 않은 곳을 보는 것은 설레는 일이었다. 어느 날은 영상을 보다 남편에게 말했다.

"여보, 난 예전엔 다시 여행을 못 가는 게 너무 아쉬웠는데, 이젠 괜찮은 것 같아. 내가 갈 수 있을 때 가봐서 다행인 것 같아. 그걸로 된 것 같아."

통증 초반 무렵 침대에 가만히 누워 있던 나는 자유로운 몸을 잃은 것에 깊은 상실감을 느낄 수밖에 없었다. 하지만 아픈 몸에 적응하고 아프기 전의 몸과 점점 더 멀어지면서 나는 잃은 것에서도 멀어질 수 있었다. 여행 영상을 보면서도 그리움이나 좌절감에 울지 않을 수 있었다. 나는 그저 다행이라고만 생각했다. 내가 아직 건강하게 세상을 누빌 수 있었을 때 많은 곳에 가보아서 참 다행이다. 추억이 있어 다행이다. 페이스북에서 자꾸 나의 십일 년 전, 칠 년 전, 오 년 전 사진을 보여줘서 다행이다. 그때의 아프지 않던 나의 모습을 볼 수 있어 참 다행이다.

여행은 나의 버킷리스트에도 없다. 내 몸이 나아지더라도 내가 하고 싶은 최대치의 일은 국내에서 1박 2일 여행을 하거나 좋아하는 가수의 공연을 보러 서울에 가는 일 정도다. 여행에 대한 꿈은 일찌감치 접었다. 여행은 몸 전체가 조화롭게 최상의 컨디션을 유지할 때 가능한 종합예술과 같은 일인 것을 알기 때문이다. 지금의 나로서는 그런 몸을 상상하기가 어렵다. 여행을 갔다 온다면 여행 후유증으로 일주일은 앓아누울 것 같은데, 그러지 않을 정도로 몸이 나아질 상태가 될 거라는 확신이 지금은 없다. 여행은 너무 위험부담이 큰 일이다. 그래서 여행은 전생의 기억으로만 남겨두어야 할 것 같다. 마지막 가족 여행 때 사온 고래상어 인형은 거의 매일 나의 독서 생활을 함께해주고 있다. 꽤 괜찮은 전생이었다.

잃었지만 얻을 수 있어

통증이 시작되고 한 달도 채 지나지 않아 나는 이미 내가 좋아하는 것들을 그리워하고 있었다. 그것들을 아주 오랫동안 만나지 못하리라는 것을 운명적으로 직감하고 있었다. 봄, 나들이, 공원, 노래, 기타, 꽃, 나무, 하늘, 공연, 구름, 산책, 여행, 음악. 나는 내가 좋아하는 것들을 종이에 한가득 적어 벽에 붙여놓고 매일 보았다. 그리워하며 언젠간 다시 보고, 하고, 느낄 수 있기를 간절히 바라는 것 말고는 할 수 있는 일이 없었다.

창밖엔 봄이 왔는데 집 밖으로 한 발자국도 나갈 수 없었던 날들이었다. 나는 창문 안쪽에서 사람들을 바라보고 있었다. 뛰어다니는 아이들, 즐거워 소리치는 사람들, 통통 튀는 공과 봄의 활기를 바라봤다. 가만히 앉아 노래를 만들어 불렀다.

나는 오늘도 한 발자국도 나아가지 못한 채
이렇게 그저 울고만 있어
멀어져가는 꿈들
멀어져가는 모습
한때는 가졌던 것
이제 더 이상 갈 수 없는 곳

아프기 전을 그리워만 했다. 내가 돌아가고 싶은 건 아프기 전의 내 몸이었다. 창밖의 사람들을 보며 나도 그들처럼 돌아다닐 수 있었던 과거를 떠올렸다. 하지만 자꾸 뒤만 돌아보면 앞으로 나아갈 수 없다. 아프기 전의 나와 비교하면 나는 항상 좌절감을 느낄 수밖에 없었다. 그건 나아지는 방법이 아니었다.

"과거를 생각하면 안 돼요. 예전에 얼마큼 했는지 생각하지 말고 지금 몸 상태를 받아들이세요. 아프기 전과 비교하지 말고 한 달 전, 일주일 전과 비교하세요."

어느 날, 운동 선생님의 이야기를 듣고서야 내가 여전히 과거에 매여 있다는 걸 깨달았다. 그의 말을 듣곤 빗속에 버려진 아이처럼 엉엉 울어버리고 말았다. 나는 아직도 과거의 나를 놓지도 현재의 나를 받아들이지도 못하고 있었다. 과거를 잊고 현재에 집중하고 싶었지만, 이전의 삶이 한 번에 놓아지지 않았다. 어떻게 놓아야 하는 건지 몰라 계속 그렇게 살고 있는 것 같았다. 아픈 지 수년이 됐는데도 나는 여전히 내가 잃은 것 사이에서 헤매고 있었다.

그 후로 더 많은 시간이 지나자 내가 떠나온 것들에 대한 감각이 옅어졌다. 아프기 이전으로 돌아가기보다는 지금 상태에서 나아진 새로운 몸이 되어야 한다는 생각이 들었다. 과거로 돌아갈 수 없다는 걸 지난 몇 년간의 경험으로 알았다. 아프기 이전의 나는 없다. 나는 아픈 시간도 살아낸 새로운 나로 다시 태어나야 한다.

계속 제자리에 머물러 있을 수만은 없었다. 뒤만 돌아보다 앞으로 갈 기회를 놓칠 순 없었다. 나는 예전의 나를 놓아주기로 했다. 치지도 못하면서 거실 한켠에 덩그러니 놓여 있던 기타를 케이스에 넣었다. 지금 나의 상태를 받아들이기로 했다. 일주일 전의 나, 어제의 나와 오늘의 나를 비교하기 시작했다.

재활 운동을 시작하고 일 년이 지나자 몸의 통증이 많이 사라졌다. 나는 일 년 전, 이 년 전의 나와 비교하며 나아진 모습을 다행이라 생각하게 됐다.

그러다가도 아픈 시간이 길어지는 어느 날은 서러움이 북받쳐 올라 울면서 소리치기도 했다.

"나 서른셋이었는데 왜 갑자기 서른일곱이야? 그냥 눈 한 번 깜빡한 건데 왜 이렇게 됐어? 난 왜 계속 아파?"

그런 날이 있었다. 시간의 흐름이 서러워서 펑펑 울고 그 다음 날부턴 울음을 뚝 그쳤다. 잃은 것에 대해선 그만 생각해도 될 것 같았다. 이제 그만 놓아줘도 될 것 같았다. 나의 아프기 전 몸은 사라졌지만, 아픈 이후의 몸으로 내 삶은 계속될 것이기 때문이었다. 살아온 날보다 살아갈 날들이 더 많았기 때문이다. 과거만 붙잡고 있는 것은 그만하기로 했다. 지나간 시간을 후회하고 억울해해봤자 결국 내 마음만 아프다는 걸 알았다. 나는 앞으로만 가고 싶었다.

편두통이 일 년 넘게 가시질 않아 텔레비전을 완전히 끊기로 결심했다. 마지막으로 본 드라마 〈스물다섯 스물하나〉에서 백이진은 나희도에게 이렇게 말했다.

"나는 항상 잃은 것에 대해서 생각해. 근데 넌 얻을 것에 대해 생각하더라. 나도 그러고 싶어졌어. 희도 너처럼."

나는 그 순간에 정지했다. 내가 더 이상 하지 말아야 할 것, 앞으로 해야 할 것이 그 한마디에 모두 들어 있었다. 나도 그러고 싶어졌다. 얻을 것에 대해서만 생각하고 싶어졌다. 지나간 나의 과거를 생각하며 아쉬워하거나 가슴 아파하는 일은 그만하고 싶었다.

나는 오랫동안 잃은 것에 대해 생각했다. 하지만 더 이상 내 손에 쥘 수 없는 것들에 대해 생각하지 않기로 했다. 앞으로 내가 이루고 싶은 것들에 대해서만 생각하기로 했다. 후회와 연민과 상실에 대한 애도는 충분했다.

내가 예전에 얼마나 활동적이고 얼마나 생기 넘쳤는지를 잊진 않았다. 그 시절을 모두 기억한다. 나는 건강했던 나를 잃었다. 그립지 않다고 하면 거짓말이다. 하지만 나는 고개를 돌려 앞을 바라본다. 내가 얻을 새로운 나의 모습을 생각한다. 어제보다 조금 더 나아질 오늘이길 바란다. 잃었지만 괜찮다. 새로이 얻을 것이다.

안부 인사를 미뤄서는 안 된다

오랫동안 안부 인사를 미루고 살았다. 잘 지낸다는 답을 할 수 없는데 잘 지내느냐고 묻는 것이 부질없이 느껴졌다.

나는 자주 무너지고 휘청거렸다. 그런 내가 다른 이에게 안부를 묻는 것은 왠지 부적절해 보였다. 누군가에게 안부를 묻고, 상대가 되돌아 나의 안부를 물을 때 괜찮다는 대답을 해야 할 것 같은데, 나는 괜찮은 적이 거의 없었기 때문이다. 나는 거짓말에 능하지 못하다. 그럭저럭 잘 지낸다는 거짓말을 하는 것이 어려워 그냥 안부를 묻지 않고 지냈다.

궁금한 마음도, 보고 싶은 마음도 모두 다 흘려보냈다. 아픈 동안은 그저 그렇게 사는 것이라 여겼다. 몸이 나아지면, 밥 한번 먹자는 말에 그러자고 대답할 수 있을 때가 되면, 그때 다시 안부를 전하면 된다고 생각했다.

하지만 절대 미뤄서는 안 되는 말이 있다는 걸 알게 됐다. 어떤 안부 인사는 끝내 전해질 수 없다. 작년 여름의 문턱에서 내가 가장 존경했던 분의 부고 소식을 듣고 나는 그 자리에서 바로 무너졌다.

그는 내가 유일하게 존경했던 어른이었다. 사회에 나와 십삼 년을 일했지만 내가 존경한 분은 그뿐이었다.

십 년 전 우울증으로 휴직을 하고 홍대 앞에서 음악을 하고 있을 때, 진단서를 제출하기 위해 학교에 갔다. 우리의 첫 만남이었다. 교감선생님께선 내가 가져간 진단서를 슬쩍 보시곤 단 한 가지만 물으셨다.

"임샘, 행복해요?"

그렇다고 대답하자 그가 웃으며 말했다.

"그럼 됐어요."

그 미소로 나는 오랫동안 웃으며 노래할 수 있었다.

같이 근무한 지 사 년이 되던 해 여름, 교감선생님은 다른 학교 교장선생님으로 발령이 나셨다. 나는 그를 유독 따랐기 때문에 그가 갑자기 한 해의 중간에 떠난다는 사실을 받아들이기 힘들었다. 그의 안녕을 기원하지만 잊지는 말아달라는 마음을 담아 노래를 썼다. 이임식 전날까지 고치며 만들었고, 영상으로 찍어 이임식 날 강당에서 틀었다.

보내드리지만 가지 마오

보내드리지만 잊지 마오

누군가를 위해 노래를 쓴 일은 손에 꼽는다. 마음이 거대하게 움직여야만 가능한 일이다. 그는 내가 존경했던 유일한 어른이었다.

그는 나의 결혼식에 주례를 해주셨다. 결혼식 전 인사를 드리기 위해 남편과 함께 만난 식사 자리에서 그가 내게 물으셨다.

"임샘, 왜 이 사람과 결혼을 해야겠다고 생각했어요?"

"음, 이 사람이면 평생을 같이 살 수 있겠단 생각이 들었어요."

그는 또 미소를 지으며 내게 말했다.

"그럼 됐어요."

교장선생님은 결혼식 숙제로 나에겐 영시를, 남편에겐 그 시의 해석본을 외워 오게 하셨다. 결혼식 당일, 짧게 끝내겠다는 말과 함께 시작된 주례사는 결론에 다다른 것 같았던 것이 그저 발단 부분의 결론에 불과했음을 드러내며 하객들의 집중력을 조금 떨어트렸다. 멀리서 온 고향 친구도 두고 두고 그날의 주례사에 대해 얘기할 정도였다.

하지만 그는 그저 나의 앞길을 축하해주려는 마음이 컸을 뿐이었다. 결혼식 후 A4용지에 인쇄된 주례사를 보게 됐다. 두 페이지 정도 빽빽한 양이었는데, 놀라웠던 것은 그가 주례를 하며 우리 두 사람만 바라보았다는 것이다. 어떻게 그 긴 주례사를 다 외우셨을까. 어떻게 그런 마음을 나눠주실 수 있었을까.

나는 결혼 전부터 아팠고, 결혼 후에도 계속 아팠다. 내 상태가 좋지 않아 사람들의 안부를 묻는 일이 줄었다. 나는 대부분의 사람과 연락을 끊고 주로 집에서 혼자 아팠다. 그에게도 신혼여행을 다녀온 후를 마지막으로 연락을 하지 않았다.

췌장암이 발견된 것은 재작년 10월이라고 했다. 나는 그해 3월에 학교를 그만두었다. 그에게 연락하지 않은 것은, 그만두고도 아직 몸이 좋지 않았기 때문이다. 하지만 몸이 아팠고 글을 쓰고 있노라고, 학교는 그만두었지만 언젠가는 꼭 작가가 되겠노라고 그에게 말했다면 그가 얼마나 나를 응원해주었을지 감히 짐작해볼 수 있을 것 같다. 내가 만약 책을 내게 된다면 가장 진심으로 축하해줄 어른이 그였으리라는 생각이 들었다. 하지만 시간은 사람을 기다려주지 않는다.

내 미래에 그가 존재하지 않는다는 가정은 없었다. 나는 말했어야 했다. 학교를 그만두고 마음은 어느 때보다 자유롭다고, 내가 쓴 책을 꼭 선물로 드릴 거라고 말했어야 했다. 그가 들을 수 있을 때 말했어야 했다. 나는 인생의 고비에서 그에게 지혜를 구하곤 했다. 언제든 그 자리에서 나를 기다려주실 거라고 생각했다. 내가 어리석었다.

그가 퇴직한 지 겨우 사 년이었다. 영정사진 속의 그가 너무 젊었다. 가서 많이 울고 싶지 않아 집에서 많이 울었는데 충분치 않았던 것 같다. 장례식장에 가서도 내내 울기만 했다. 그에게 해야 할 말을 전하지 못했다는 후회 때문에 눈물이 멈추질 않았다.

며칠 동안 교장선생님 생각만 했다. 괜찮은 듯 이야기를 하다가도 그의 이름만 나오면 수도꼭지를 틀어놓은 듯 펑펑 울었다.

일주일을 울고 일어났다. 나는 전처럼 살지 않기로 했다. 더 이상 후회하는 사람이 되지 않기로 했다. 보고 싶은 사람에게 바로 연락하고 가족에게도 더 자주 안부를 물었다. 나는 그를 보낸 후 먼저 안부를 묻는 사람이 되었다.

문득 생각난 예전 동료 선생님이 연락이 되지 않으면 사람들에게 물어물어 연락처를 알아냈다. 꿈에 나와 자꾸만 떠오르는 이십 년 전 고등학교 친구에게 십오 년 만에 메시지를 보냈다. 하고 싶은 말을 전하는 것과 그리운 목소리를 듣는 일을 미루지 않았다. 아프다는 근황을 전해야 했지만 상관없었다. 내가 그리워하는 이들이 여전히 잘 살고 있는 것을 확인하는 것만으로도 다 괜찮았다.

　그리고 나는 종종 하늘을 바라보며 그에게 늦어버린 안부를 전한다. 내가 이렇게 씩씩하게 지내고 있는 것을 위에서 잘 보고 계시느냐고 묻는다. 요즘 글을 쓰는데 잘 풀리지 않아 고민이라고 말하면, 그는 언제나 그랬던 것처럼 나에게 물을 것 같다.

　'임샘, 행복해요?'

　그럼 나는 그렇다고 대답할 것이고, 그는 또 언제나 그랬듯 온화한 미소를 띠며 내게 말해줄 것이다.

　'그럼 됐어요.'

　그의 목소리가 매 순간 나와 함께한다. 나는 그의 한마디로 평생을 살아갈 것이다.

오랫동안 사라져버린 내가
궁금했을 너에게

안녕. 너무 오랜만이지. 그동안 잘 지냈어?

나는 잘 지내고 있진 않아. 좀 오랫동안 아팠고, 지금도 아파. 그게 내가 어디에서도 보이지 않았던 이유야. 널 만나러 갈 수도, 다른 곳을 돌아다닐 수도 없었어. 기타 하나 메고 여기저기 누비던 나를 기억한다면, 지금은 기타를 들고 다니는 것이 상상도 안 간다는 게 놀라울 수도 있겠다. 근데 정말이야. 나는 그런 에너지가 다 사라졌고, 이제 기타도 치지 않아. 노래? 하고 싶지. 그런데 지금은 할 수가 없어. 기타를 치면 통증이 악화돼 큰 결심을 하고 케이스에 넣어 눈앞에서 완전히 치워버렸어.

시간이 정말 많이 흘렀어. 인생에서 이렇게 긴 시간을 뮤트 상태로 있을 수 있다는 걸 상상해본 적 있니? 나는 없어. 내가 이렇게 긴 시간 멈춰 있을 거라곤, 일상적으로 하던 일을 하지 못하게 될 거라곤 상상도 해본 적이 없어. 그렇다고 내가 자리에서 일어나지도 못하거나 죽을병에 걸린 건 아냐. 내 몸에 큰 이상이 있는 것도 아냐. 그러니까 너무 걱정하진 않아도 돼. 병원에선 항상 이상이 없다고 하는데 나는 예전처럼 움직이고 외출하고 생활하는 것들이 힘들어. 예전처럼 지낼 수 없는데 이게 왜 이상이 없는 걸까? 때로는 수치가 어떤 것도 설명하지 못할 때가 있어.

오랜만에 안부를 묻는 사람들에게 내 상태를 설명하기가 어려웠어. 으레 하는 말로 '잘 지내?'라고 묻는데 난 잘 지내고 있지 않았으니까. 난 거짓말을 잘 못 하고, 잘 지내지 못한다고 하면 뭘 어디서부터 어디까지 설명해야 하는 건지 막막했어.

글을 쓰는 걸로 조금 설명이 될까. 나는 글을 쓰기 시작했어. 알잖아, 나는 언제고 어떤 상황이고 내가 하고 싶은 일을 하고야 만다는 걸. 내가 작가가 되고 싶어 했던 거 기억해? 글을 쓰고 싶긴 했지만 첫 이야기가 나 아프다고 하는 이야기가 될 줄은 꿈에도 몰랐어. 하지만 인생에서 우리가 명확히 알 수 있는 건 거의 없으니까.

아, 나 드디어 학교를 그만뒀어. 축하해줄 거지? 아파서 그만둔 거라고 오해하는 사람도 있는데 넌 알잖아. 내가 아주 오래전부터 교사를 그만두고 싶어 했다는 걸. 그걸 벗어나기 위해 오랜 시간 갖은 노력을 다했다는 걸. 난 정말 후련해. 절대 할 수 없을 거라 생각했던 일을 결국엔 해내서 내가 자랑스러워. 그래서 나는 사람들이 내가 아파서 더 이상 일을 할 수 없기 때문에 그만둔 거라고 생각하지 않았으면 좋겠어. 내가 그만둔 건 더 이상 그 일을 하고 싶지 않았기 때문이야. 내가 아프다는 게 사실이긴 하지만, 이 퇴직은 내게 축제라는 걸 너만은 알아줬으면 좋겠어.

할 수 있는 게 많이 줄었지. 기타도 못 치고, 여행도 못 다니고, 장거리 이동도 어렵고 긴 외출도 못 해. 지금으로선 할 수 없는 걸 생각하는 것보다 할 수 있는 걸 떠올리는 게 더 수월해. 아침에 일어나 식물들을 돌보는 것, 하루에 한 끼 요리하는 것, 책을 조금 읽는 것, 집 근처를 산책하는 것. 이게 내가 할 수 있는 일들이야. 많이 줄었지? 네가 기억하는 나는 일하고 공연도 하면서 기타 메고 여행도 다니며 매일 운동도 하는 활기찬 사람이었을 테니까. 온갖 곳을 누비며 종횡무진

하던 그 사람은 지금은 없어.

그런 나를 영영 잊어달라고 이 편지를 쓰는 건 아니야. 그런 나로 돌아갈 날이 머지않아서 쓰는 편지야.

난 단 하루도 나를 포기한 적이 없었어. 그 긴 시간 동안 내내 나아지기 위해 노력했어. 좋은 치료사 선생님을 만났고, 조금씩 몸이 나아지고 있어. 아주 조금씩이지만 어쨌든 내가 앞으로 가고 있다는 건 확실해. 이렇게 앞으로 가다 보면 예전의 나를 만나게 될 거라 믿어 의심치 않아.

그동안의 나를 오해하진 말아줘. 널 만나러 가지 않았다고 서운해하지 말아줘. 나는 나 자신을 만나기 위해 열심히 노력했고, 그렇게 너무 멀지 않은 미래에 널 만나러 갈 거야. 이건 진심이야.

그동안 나를 직접 만난 사람은 아무도 없지만, 나는 이곳에서 꾸준히 열심히 살고 있었어. 버티고 견디면서 그 긴 시간을 살아냈어. 시간이 조금 걸리겠지만 내 몸이 자유로워지면 우리 차 한잔할까? 카페에 앉아 이야기만 나눠도 나는 너무 기쁠 거야. 흘러가버린 시간을 더 이상 원망하지 않을 수 있을 거야. 자유로워진 몸으로 곧 어디선가 만나길 바라. 너무 오래 걸리진 않을 거야. 나는 나를 믿어.

안녕.

가방 사러 가는 날

"외출 한 번에 가방을 하나씩 사네."

　새 가방이 왔다며 자랑하는 나에게 남편은 놀랍다는 표정으로 말했다. 내가 그랬나? 그러고 보니 가방을 계속 사긴 한 것 같다. 하지만 모두 다 필요해서 산 가방이었다.

　병원에 갈 때는 약 봉투가 들어가는 가방이 필요했다. 가서 받아오는 서류가 많아지자 A4용지가 들어가는 가방이 필요해졌다. 그러다 하루 입원하게 됐을 땐 짐을 넣을 운동 가방을 샀다. 휴대폰이나 지갑을 따로 넣어 크로스로 멜 작은 가방도 샀다. 정말 남편의 말대로 외출 때마다 가방이 하나씩 늘어나는 셈이었다.

바깥에 잘 나가지도 못하면서 올봄엔 생일 선물로 가방을 두 개나 장만했다. 집에서 글을 쓰는 것만도 버거우면서 요샌 노트북이 들어가는 가방을 찾아보고 있다. 그냥 외출도 어려운데 무거운 짐을 들고 나가서 글까지 쓰는 일정이라니 내 생각은 대체 얼마나 앞서 있는 걸까? 그래도 뒤를 향한 것이 아니고 앞을 향한 것이니 언젠간 결국 다 쓸모가 있을 거라 생각하며 소비 계획을 합리화해본다.

일반적인 외출을 하고 싶다. 가방을 자꾸 고르게 되는 것은 가방을 들고 바깥에 나가고 싶기 때문이다. 건강을 위한 산책이나 병원 가는 것 말고, 그저 외식이나 쇼핑하러 가는 보통의 외출을 하고 싶다. 그런 외출을 할 수 있는 상태가 되었으면 좋겠다. 가방은 몇 년 동안 집에만 있었던 나의 자유로운 외출에 대한 갈망의 표출이다.

생일은 3월 초였고, 가방은 2월부터 고르기 시작했다. 사실 작년부터 봐둔 것이 이미 하나 있어 하나는 어렵지 않게 샀고, 나머지 하나는 세상 온갖 가방을 구경하다가 생일이 오기 직전에 골랐다. 링크를 오빠에게 보내 선물을 골랐으니 사달라고 말했다. 하지만 혹시나 맘에 안 들어서 반품할 수도 있으니 돈으로 달라고 덧붙였다. 다행히 가방이 마음에 쏙 들어 나의 가방 칸 한 부분을 떡하니 차지하게 됐다. 그렇게 내가 산 가방 하나와 선물로 받은 가방까지 새 가방 두 개를 얻었다. 베란다에 두고 냄새도 빼고, 탈취제를 넣어놓기도 했다. 2, 3월 중 한 번쯤은 외식이라도 할 수 있을까 싶어 가방 안의 종이 뭉텅이를 모두 빼놓은 상태였는데, 3월이 되어서도 편두통이 잦아들 기미가 보이지 않아 가방들을 가만히 더스트백 안에 넣었다. 가방을 사용하게 되기까지 먼지가 너무 많이 쌓일 것 같아서. 더스트백은 그런 용도니까.

생일 선물로 가방을 사달라며 쇼핑몰 링크를 보냈을 때 오빠가 말했다.

— 이제 좀 돌아다닐 만한가 보네.

내가 그런 상태였으면 참 좋았겠지만 아쉽게도 아직은 아니었다.

— 돌아다닐 만해서 사려는 게 아니라 가방이 있어야 돌아다니지.

언제 돌아다닐지는 아직 모르겠다. 하지만 일단 준비물이 있어야 한다. 가벼운 외출을 위한 작은 크로스백, 짐이 조금 더 생길 것을 대비한 조금 큰 보스턴백을 준비했다. 일단 가방이 있어야 돌아다닐 만해질 어떤 날에 망설임 없이 가방을 들고 나갈 수 있을 것이다. 그런 의미에서 노트북이 들어가는 가방은 지금부터 찾아도 괜찮을 것 같다. 바깥에서의 노트북 작업은 내년에나 시도해볼 수 있을 테니 가방을 고르기엔 지금이 적기다. 가방은 필요할 때 사는 게 아니다. 필요하기 전에 사는 것이다. 그래야 필요할 때 들고 나갈 수 있기 때문이다. 가방을 고르는 일은 왠지 모르게 항상 즐겁다. 그걸 들고 밖으로 나가는 나의 모습을 상상하게 돼서일까. 가방은 언제나 멋지고 상상 속 가방을 든 내 모습은 꽤 근사해 보인다.

가방 구경은 틈틈이 하고 있다. 내가 찾는 궁극의 가방은 A4용지가 들어가는 크기의 가볍고 심플한 가방이다. 비싼 가방은 한 번도 사본 적이 없지만, 궁극의 가방을 찾는다면 하나쯤은 사보고 싶다. 솔직히 말하자면 선물 받을 생각이다.

작년에 있었던 사촌 동생의 결혼식에 나는 참석하지 못했다. 서울까지 이동하는 것은 물론이거니와 긴 결혼식까지 버티는 건 내겐 너무 어려운 미션이었기 때문이다. 그날 결혼식엔 엄마와 오빠만 참석했다. 결혼식이 끝났을 즈음, 오빠가 사진 몇 장을 보내왔다. 결혼식이 끝나고 내려가기 전에 백화점을 둘러보고 있다고 했다. 내가 몇 달 전부터 갖고 싶다고 노래를 부르던 가방 브랜드의 매장을 찾았다며 사진을 찍어 보낸 것이다. 내가 다음엔 꼭 하나 사달라고 말했더니 오빠는

"낫기만 한다면 열 개도 사줄 수 있지"라고 말했다. 아니, 그게 열 개면 4천만 원인데? 오빠가 갑자기 현실감각을 잃은 것 같았다. 그저 가방 사주는 건 일도 아니라고 말했다. 내가 없는 결혼식에 다녀온 오빠의 마음은 그런 것이었을까. 그만큼 내가 낫길 바라는 마음은 진심인 것 같았다.

그러니 내가 찾게 될 궁극의 가방을 선물할 수 있는 기회는 오빠에게 주기로 했다. 처음으로 사는 비싼 가방이라니, 꼭 눈으로 보고 실제로 들어보고 고르고 싶은데 아직은 백화점까지 갈 수 있는 체력이 안 된다. 내가 가방을 사러 갈 수 있는 상태만 된다면야 열 개는 아니지만 하나쯤은 오빠가 기쁘게 사줄 것 같다. 그런 날이 오면 나도 너무 기쁠 것 같다. 그런 날 어디로 가야 할지 허둥대지 않기 위해 나는 오늘도 가방을 고른다.

가방을 고르며 미래를 상상하고 긍정을 품게 되는 내 마음이 조금 대견하다. 가방을 다 방구석에만 처박아놨다고 우울해하지 않고 또 다른 가방을 향해 돌진하다니, 그래도 계속 앞으로 가려 하다니 안심이 된다. 내가 나를 조금은 믿어도 될 것 같다.

살아서 보답해야지

많이 아픈 날은 툭하면 죽을 거라는 이영훈의 노래 〈우리, 내일도〉를 몇 번이고 듣는다. 괴로운 통증이 찾아올 때면 죽고 싶은 마음이 들기 때문이다. 죽고 싶진 않다. 단지 그런 말로만 표현될 수 있는 괴로움일 뿐이다. 툭하면 죽을 거라고 말하면 나를 사랑하는 사람들이 슬퍼하므로 말로 하진 않고 노래만 들었다.

툭하면 죽을 거라는
친구와 함께 밥을 먹는다
살아서 보답해야지
살아야 갚을 수 있잖아

내가 살아서 보답하고 싶은 사람은 나의 남편이다. 내가 죽고 싶다는 말을 꺼낼 수 없는 것도 내 옆에 남편이 있기 때문이다. 그가 없는 지난 시간은 상상조차 되지 않는다.

한 사람의 몫을 살지 못할 때가 많다. 나는 겨우 나 하나를 돌보고 나로 살아간다. 하루 치의 통증을 견디고, 일을 하고, 끼니를 챙겨 먹는 일. 결혼 전에는 그것들을 모두 혼자서 했고, 집을 치우기 어려운 적이 많았다. 일들이 자꾸 쌓여만 갔다. 야간수업이 있던 날은 거실에 가방을 내려놓으며 그대로 쓰러지듯 누웠다. 몸을 움직이기 어려웠다.

아팠던 첫해의 끝자락에 결혼을 하면서 부모가 아닌 법적 보호자가 생겼다. 나를 돌보기 위해 결혼한 것은 아니었지만, 내가 제 기능을 하지 못하고 있었기 때문에 그는 자연스럽게 나를 돌보는 사람이 되었다. 내가 휴직을 고민할 때 주저 없이 내 편이 되어주었다. 퇴직을 선택할 때도 마찬가지였다. 혼자서는 끝마치기 어려웠던 하루의 나머지 일들을 그가 도맡아 해주었다. 기댈 곳 없이 휘청이던 내 인생의 버팀목이 되어주었다.

한 사람이 살아가는 데 해야 하는 일은 항상 내 능력치보다 많다. 금세 쌓이는 빨랫감, 두어 번은 왕복해야 할 재활용 쓰레기들, 매일의 설거지 거리들. 나는 그것들을 처리할 수 없다. 일어나 나 하나를 버티다 지쳐버린다. 산책을 하고 오면 한참을 쉬어야 하고, 씻거나 책을 읽은 후에도 잠시 쉬어야 한다. 점심을 먹은 후의 설거지 거리를, 택배를 받고 생긴 쓰레기들을, 건조기에 가득한 수건 더미들을 처리할 수 있는 체력이 없다. 어떤 일 이후의 다음 일까지 감당할 에너지는 늘 부족하고, 남편은 내가 무리하지 않도록 그 모든 것들을 전부 하지 않아도 괜찮다고 말한다.

엄마가 철학관에 가서 점을 보고 왔다. 내 얘기를 슬쩍 꺼냈더니 하반기부터 일이 술술 잘 풀린다고 했다는 것이다. 그러면서 나중에 유명해지면 꼭 자기를 다시 찾아와 달라고 했단다. 나는 사실 그런 얘기를 전에도 들은 적이 있다. 내가 사십 대가 되면 우리 집안 돈을 다 번다는 소리였는데, 나는 이미 이십 대 초반에 교육공무원이 돼버린 탓에 어차피 호봉제로 정해진 월급을 받을 테고 큰돈을 벌 일은 절대 없을 거라 그냥 넘겨버린 이야기였다. 그런데 비슷한 이야기를 또 들은 데다 이번에는 신기하게도 실제로 교사를 그만둔 상태이니 솔깃하지 않을 수 없었다.
그때쯤이면 내 책을 작업하기 시작했을 텐데? 내 책 잘되는 건가? 우리 여보 인기 작가 되는 거 아냐? 여보, 근데 나 첫 책부터 그렇게 잘되고 싶은 생각은 없는데. 여보 잘되면 나 일 그만두고 매니저 해야겠네. 여보, 내가 글 써서 우리 여보 호강시켜줄게. 이런 말도 안 되는 대화를 주고받았다. 하지만 그게 말도 안 되는 일이라도 난 정말로 해주고 싶었다. 내가 잘돼서 내가 사랑하는 사람을 호강시켜주는 그런 일을 죽기 전에 한 번은 꼭 해보고 싶었다. 살아서 보답하고 싶었다.

매일 저녁 여덟 시면 남편의 휴대폰 알람이 울린다. 내가 취침 전 약을 먹을 시간이다. 기억나지 않는 오래전 어느 순간부터 남편이 내 약을 챙겨주기 시작했고, 매일 저녁이면 내 것도 아닌 그의 휴대폰에서 노랫소리가 울린다. 몸 상태가 괜찮으면 부엌으로 나가 약을 먹고, 그마저도 힘든 날엔 남편이 방으로 약을 가져다주는데 난 이 모든 것이 절대로 당연하다고 생각하지 않는다. 나도 나에게 약 먹이는 것을 잊곤 하는데, 알람까지 설정하고 약을 챙겨주는 그의 마음은 내가 상상할 수 없을 만큼 깊고 넓다.

남편은 매일 점심때가 되면 무얼 하고 있는지 묻는다. 밥은 먹었는지, 무슨 반찬에 먹었는지 묻는다. 내 컨디션이 어떤지 묻고 산책을 다녀왔다고 하면 칭찬을 해준다. 일이 많아 여덟 시를 넘겨 퇴근하는 날이면 하루도 빼놓지 않고 여덟 시가 되기 십 분 전에 약을 먹으라며 연락을 해준다. 남편이 말해주지 않았다면 잊고 지나갈 뻔한 적이 한두 번이 아니다.

나는 인생이 너무 길다고 생각한다. 이렇게 아픈 몸으로, 몸이 나아지더라도 안 아픈 상태를 유지하기 위해 끝없이 노력하며 사는 삶은 너무 고단하고 힘들다고 생각한다. 그렇게 살기에 인간의 수명은 너무 길다고 생각한다. 하지만 고개를 돌리면 내가 사랑하는 사람이 곁에 있다. 나는 그의 머리가 파 뿌리가 되고 호호 할아버지가 되는 날까지 함께하고 싶다. 통증이 있는 내 인생은 살 만하지 않지만 매일 집에 돌아오는 그를 기다리는 시간은 유일하게 살 만하다. 그가 집에 있는 시간 동안 나는 시간이 느리게 흐르길 바란다. 수십 년이 후딱 지나 내일모레 생이 끝나게 되길 바라지 않는다.

아무리 괴로워도 나는 아무것도 포기하지 않을 것이다. 죽고 싶다는 생각은 꿈에서도 하지 않을 것이다. 나에게 주어진 생을 기꺼이 살아갈 것이다. 내 곁엔 그가 있기 때문이다. 살아서 보답하고 살아서 이 모든 것을 갚을 것이다.

마지막 무대는
아직 시작되지 않았다

처음 무대에 선 날을 기억한다. 그건 우리나라가 아닌 바다 건너 먼 곳, 미국의 한 클럽에서였다. 장기자랑이나 수학여행 같은 것을 제외하고 진짜 무대에서 노래를 부른 것은 그날이 처음이었다. 당시 연수를 받고 있던 대학 내 클럽에서 오픈 마이크가 열렸고, 두근거림을 안고 신청서에 이름을 쓰고는 생애 첫 무대에 올랐다.

그날 무대가 끝난 후 친구들과 대화를 나눴다. 어떤 친구는 어떻게 그런 목소리를 낼 수 있냐고 했고, 한 친구는 내게 정말 멋졌다고 말했다. 그리고 저스틴은 나를 보며 이렇게 말했다.

"You belong to stage." (네가 있어야 할 곳은 무대야.)

한국에 돌아온 지 일 년 후, 나는 이제 오픈 마이크가 아닌 공연자로 무대에 서게 되었다.

—나 빵 영등인데, 다음 주 수요일 공연 가능하니?

홍대 앞 클럽 빵의 오디션을 보고 돌아온 후 이 주간 연락이 없자 난 음악가로 소질이 없나 보다 하고 낙담하던 참이었다. 빵 사장님의 연락에 나는 뛸 듯이 기뻤다.

그렇게 2012년 9월부터 나는 싱어송라이터로 무대에 오르게 되었다. 기타 하나와 내 목소리 하나. 담백하고 이야기하는 듯한 노래. 딱히 이름을 알리지도 못했고 음원을 내지도 못했다. 홈레코딩을 해보겠다며 장비도 모두 샀지만, 매번 실패했다. 그래도 한 달에 한 번 있는 빵 공연은 내가 한 달을 버틸 수 있는 유일한 기쁨이자 위안이었다. 빵 사장님의 공연 일정 문자에는 빛의 속도로 답장을 했다. 직업이 적성에 맞지 않아도, 원치 않은 일에 휘말려도 난 노래를 쓰고 기타를 치며 공연을 준비했다. 한 가수에게 주어진 시간은 삼십 분 남짓. 한 달 내내 나는 공연 중에 부를 노래 리스트를 고심하며 고쳤고, 공연이 다가올 즈음엔 노래와 무대에서 할 멘트를 함께 해보는 연습을 반복했다. 공연이 있는 일요일이면 두 시쯤 집을 나서서 기차를 타고, 또 지하철을 타고 홍대에 갔다. 클럽 빵 근처 단골 카페에서 차를 마시며 기타를 연습하고 세트 리스트를 다시 메모지에 적었다. 시간이 다 되면 리허설을 하고, 또 공연을 하고, 그날의 모든 뮤지션들의 공연까지 다 본 후 그들에게 인사를 하고 클럽을 나섰다. 그리고 다시 기차를 타고 집으로 돌아오면 밤 열두 시. 다음 날 아침이면 다시 출근해야 했지만, 나는 내 몸집만 한 기타를 들고 그렇게 몇 시간을 누비고 공연까지 하고 와서도 전혀 피곤하지 않았다. 그 기운으로 월요병, 또 다가올 한 달을 견뎌냈다. 나는 그저 그렇게 무대 위에서 노래하는 것이 좋았다. 누구에게도 하지 못하는 말을 아무에게나 할 수 있는 것이 좋았다.

마지막 공연은 2018년 1월이었다. 내가 사는 곳의 작은 독립서점에서 한 기획 공연이었고, 통증에 잠식되어가던 중이었지만, 나는 찜질팩을 두르고 직접 바느질을 해 가사집도 만들었다. 기타를 치며 공연 연습을 하면 몇 시간을 누워 있어야 했다. 그래도 그날의 공기가 좋았다. 조금 춥지만 따스한 난로에 옹기종기 모여 앉아 노래를 듣는 모습. 모두가 내 노래에 귀 기울여주던 그 공기, 그 눈빛.

나는 공연장에서 나를 바라봐주던 사람들의 눈빛을 아직도 잊지 못한다.

2019년 11월, 시와 언니의 공연을 보러 갔다. 아픈 이후 영화나 공연을 보는 것, 그러니까 고정된 자세로 오랫동안 가만히 있는 것은 통증이 너무 심해 할 수 없었지만, 나와 남편 모두가 그녀의 열렬한 팬이기에, 그리고 그녀가 반가워할 그 진심 어린 표정이 눈앞에 선하기에 우리는 공연을 예매했다.

오랫동안 기다려온 정규 앨범이었고, 그녀의 음악만큼이나 공연은 따뜻하고 사려 깊었다. 오랜만에 라이브로 들으니 참 좋았다. 그런데 눈물이 났다. 좋아서가 아니라 슬퍼서, 나는 다시는 저런 무대를 갖지 못할 거라는 생각에, 다신 저렇게 무대 위에서 노래하지 못할 거라는 생각에 눈물이 났다. 시와 언니와 연주자들의 행복해하는 표정을 보며 나는 내가 잃은 것이 실감 나 끊임없이 울었다. 그녀의 노래는 듣는 사람의 마음을 자꾸 두드리기 때문에 우는 사람이 워낙 많아서, 내가 이상해 보이지는 않을 테니 다행이라고 생각했다.

공연 후 우리를 발견한 그녀는 환하게 웃어주었다. 그날의 빨간 원피스가 정말 잘 어울렸다. 돌아오는 길에 나는 축 늘어진 상태로 남편에게 말했다.

"여보, 지금 내 몸이 막 부서질 것 같아. 엄청 아프고 진짜 너무너무 힘든데, 이렇게 공연 하나 보는 것도 힘든데 내가 다시 무대에 설 수 있을까?"

나는 슬펐다고 말했다. 다시는 저곳에 오르지 못할 것 같아서 너무 슬프다고. 공연을 하는 시와 언니의 얼굴은 너무 행복해 보였고, 내 노래와 이야기에 귀 기울여주는 사람들의 눈빛 속에서 노래하는 기분, 그걸 내가 아는데, 그걸 이제 못 하니 너무너무 슬프다고 말했다. 남편은 할 수 있다고 날 위로했지만, 온몸이 통증과 피로감에 휩싸인 나는 그것이 현실이 되지 않을 것을 직감했고, 하염없이 눈물을 흘렸다.

2020년 7월, 빵 사장님은 새로운 기술을 터득하셨다. 코로나 사태로 공연장에 사람이 오지 않자 인스타그램 라이브로 공연을 중계하기 시작하신 것이다. 나는 라이브 방송에 들어갔고, 사장님께 오랜만에 인사를 했다. 그곳에서 공연을 하지 않은 지 사 년이 다 되어가는데 사장님이 날 기억하고 계셔서 기뻤다. 다시 노래를 하고 싶다고 말했다. 그러자 그가 다음번 스케줄을 잡을 때 연락을 한다고 하셨다. 다음 무대라니! 나는 그것을 보고 흥분해 남편에게 마구 소리쳤다. 이거 봐, 이거, 사장님이 나 노래해도 된대. 근데 어떡하지? 나 서울까지 가려면 너무 힘든데 어떻게 가야 하지? 근데 공연하려면 연습해야 하고 나 연습하려면 너무 아프고, 어쩌지?

잠시 동안 꿈에 부풀었으나 사실 그것은 지금의 나로선 현실적으로 불가능한 일이었다. 나는 진심으로 다시 노래하고 싶었지만 요즘 몸 상태가 좋지 않아 괜찮아지면 연락하겠다고 말씀드렸다. 그는 '언제든지^^'라며 나의 복귀를 무기한 연장해주셨다.

한동안 저녁때 인스타그램에 접속하고 있으면 어김없이 클럽 빵 님이 라이브를 시작했다는 알림이 떴다(요새는 유튜브에서 라이브 방송을 한다). 나는 그곳에 들어가 인사를 하고 왠지 쿰쿰하지만, 나무 냄새가 가득했던 그 무대를 바라보았다. 한결같은 모습, 마음을 다해 노래하는 사람들. 비록 내 몸이 그곳에 가 있진 못하지만, 나는 마음으로 그들의 노래를 들었다.

'당신의 마음을 알아요. 여기 당신의 노래에 귀 기울여주는 사람이 있어요. 저도 언젠간 다시 그곳으로 돌아갈 거예요. 우리 거기서 만나요.'

다시 빵에 돌아가 가위바위보를 하며 공연 순서를 정하고, 카운터 안으로 들어가 맥주 한 병을 꺼내 마시며 다른 뮤지션의 노래를 신나게 즐길 그날을 그려본다. 언제나처럼 그 멘트도 잊지 않아야지.

"제가 빵에서 공연하는 날이라 저녁으로 빵을 먹었어요."

실로 어이없는 언어유희였다. 하지만 난 정말 빵에 가는 길엔 빵을 사 갔고, 다른 뮤지션이 공연을 할 때 비닐 소리가 나지 않게 조심하며 그것을 저녁으로 먹곤 했다. 아직도 그

빵집은 그 자리에 있을까. 클럽 빵은 아직 그 자리에 있다. 나만 돌아가면 된다. 기타와 빵을 들고.

　가끔 노래하던 내가 그리우면 예전에 내가 노래했던 영상을 본다. 노래를 들으며 다시 무대에서 노래를 부를 날을 꿈꿔본다.

　통증이 많이 나아진대도 기타 연주는 어려운 미션일 것이다. 그럼에도 완전히 포기해버리고 싶진 않다. 어떻게든 방법을 찾을 것이다. 나는 다시 사람들 앞에서 내 노래를 부를 수 있을 것이다.

　마지막 공연은 오 년 전이었다. 내가 다시 노래할 수 있을까?

　아니다, 마지막 무대는 아직 시작되지 않았다.

최선을 다하는 마음으로

나는 가을을 사랑하는데 가을은 내 짝사랑을 받아줄 생각이 없는 것 같다. 가을바람을 만끽할 새도 없이 지난가을은 내내 아팠다. 9월을 그저 아프며 지냈다는 나의 말에 어떤 이가 이런 말을 건넸다.

—그런 9월을 보내고 있었구나. 이미 할 수 있는 최선을 다하며 지내고 있었겠다. 혜린.

나는 아프느라 9월을 다 날려버렸다고 생각하고 있었는데, 사실은 매 순간 최선을 다하고 있었음을 그의 말을 듣고서야 깨달았다. 난 아팠지만 나으려는 노력을 멈춘 적이 없었다. 몸이 고장 나면 바로 병원에 달려갔고 따뜻한 차를 마시고 약을 챙겨 먹었다. 몸이 잠깐 괜찮았던 시기엔 재활 운동을 나갔고 산책을 했다. 아프고 난 뒤 처음으로 칠천 보를 걸었다.

그러다 다시 열이 나고 몸살이 나버렸을 때는 목에 손수건를 두르고 부드러운 긴팔 잠옷을 입고 침대에 누워 쉬었다. 나를 보살피는 노력을 게을리하지 않았다. 내가 할 수 있는 최선의 최선을 다하고 있었다. 그런데 왜 난 내가 9월 한 달을 날려버렸다고 생각하고 있었을까. 내가 최선을 다한 기억은 왜 잊은 것일까. 다정한 이의 말 한마디로 나는 한 달을 되찾은 기분이었다. 너무 아팠던 날들에도 나는 나를 포기하지 않았음을, 항상 최선을 다하고 있었음을 기억해냈다.

한동안은 우울의 바닥에 가라앉아 있었다. 글 작업을 본격적으로 시작하며 내 자세에 무슨 문제가 있었던 것인지 원래 없던 왼쪽 어깨 통증이 생겼기 때문이다. 새로운 통증은 나에게 가장 강력한 스트레스 요소다. 통증의 원인이 무엇일지, 언제쯤 사라질지, 낫기는 하는 건지 생각하느라 마음이 온통 지쳐버렸다. 열흘간의 작업 후 운동을 갔더니 재활 선생님이 왼쪽 어깨의 근육이 부었다고 했다. 그러면서 근육이 부은 것이 가라앉을 때까진 일단 쓰지 말아야 한단다. 새로운 통증이 생긴 것도 우울한 일인데 글쓰기까지 멈춰야 한다니, 도무지 긍정적인 마음을 먹을 수가 없었다.

그때 나의 우울증이 재발한 것 같다. 취침 전 약을 오랫동안 먹어오고 있었지만, 통증이 심했던 때 이후론 우울감을 느낀 적이 없었다. 실로 오랜만에 느껴보는 멍함과 무기력이었다. 몸이 나아져야 하니 아침에 일어나 산책을 하긴 했지만, 그냥 집에 들어가고 싶다는 마음뿐이었다. 집에 돌아와서는 아무것도 하고 싶지 않았다. 하고 싶은 게 글쓰기뿐인데 글을 써선 안 된다니. 수시로 고개를 왼쪽으로 돌려보며 통증을 체크했지만 나아진 게 없었다.

내가 할 수 있는 일이 없어 점점 무력감이 커져갔다. 스트레칭을 하거나 짐볼에 앉아 있을 의욕도 없었다. 그저 매트 위에 가만히 누워 있거나 웅크리고 있는 것이 최선이었다. 필요 시 약이 있었지만 더 처진 기분이 들까 봐 먹지 않았다. 우울증이라는 걸 느낄 만큼 우울했지만, 너무 우울해서 병원까지 갈 힘이 나지 않았다. 설상가상으로 주말이 겹쳤고 증상이 더 심해져 마음의 지옥에 갇혀버린 기분이었다.

원인이 명확했기에 왼쪽 어깨의 통증만 나아지면 우울감이 사라질 것이었다. 월요일이 되고 축 처진 채 병원에 가 영망인 상태를 호소했을 때 유 원장님은 글쓰기가 나에게 갖는 의미가 크기 때문에 이런 상황이 충분히 벌어질 수도 있다고 말했다. "몸이 나아지면 우울한 것도 나아질까요?" "그럼요.

간사할 만큼 씻은 듯이 사라질 겁니다"

아무 의욕도 없었지만, 운동은 나갔다. 내 몸이 나아졌는지 체크해야 했기 때문이다. 어깨 부은 것이 조금 가라앉았다고 했고, 다시 글 작업을 시작하되 동영상을 찍으며 문제 동작을 찾아내라고 했다. 몸이 조금 나아진 동시에 글쓰기 금지도 해제된 것이다. 그와 동시에 내 우울은 갑자기 씻은 듯이 사라졌다.

몸과 마음이 안팎으로 아팠던 시기였다. 길어지는 힘든 날들에 나를 포기할 수도 있었겠지만, 그런 마음은 들지 않았다. 나는 그저 나를 살리고 싶었다. 나를 살리고 싶어서 최선을 다해 나를 돌봤다.

지난 오 년은 그런 날들의 연속이었다. 나는 오래 아픈 사람으로 살았다. 수년간 아팠다는 것은 수년간 최선을 다했다는 것이다. 그랬기에 지금까지 살아올 수 있었다.

일도 하지 않고 사람도 거의 만나지 않으니 세상에서 사라진 듯 보였을지도 모른다. 하지만 나는 지난 오 년을 감히 날려버렸다고 말할 수 없다. 단 한 순간도 나아지려는 노력을 멈춘 적이 없던 나를 내가 가장 잘 안다. 답을 찾지 못한 채 수많은 병원과 운동센터의 문을 나섰다. 이젠 또 어디로 가야 할지 몰라 매번 막막해졌다. 몇 번이고 실패했지만 새로운 곳을 계속 찾아 나섰다. 살아보겠다고 끊임없이 발버둥친 날들이었다.

너무 아픈 날도, 우울한 날도, 너무 아파 우울한 날도 나는 포기하지 않는 쪽을 택했다. 선택의 기로에서 머뭇거리게 되는 날도 있었지만 모든 걸 차치하고라도 나는 그냥 안 아프고 싶었다. 아파서 다 놓아버리고 싶다고 생각하다가도 아파서 죽는 게 너무 억울해서, 안 아픈 생 한번 살아보고 싶어서이 악물고 버텼다. 아픈 것이 낫기 전엔 절대 포기할 수 없다. 무엇도 놓을 수 없다.

오 년 동안 바라온 목표는 단 하나뿐이다. 아프지 않는 것이다. 얼마나 더 많은 시간이 지나야 몸이 내 마음같이 움직인다고, 몸이 가뿐하다고 느끼게 될지 모르겠다. 운동을 갔다 올 때마다 아직도 갈 길이 구만리라는 생각에 마음이 무거워지기도 한다. 하지만 나는 이제까지 그랬듯 앞으로도 포기하지 않을 것이다. 최선을 다할 것이다. 오랜 꿈을 꼭 이룰 것이다.

나에게 아프지 않은 인생을 주고 싶다.

오늘을 살아간다

꽤 오랫동안 조심하며 피해 다녔는데 결국 코로나에 걸리고 말았다. 남편과 나란히 걸려 둘 다 집 안에만 머무르며 기침과 몸살의 나날을 보냈다. 나는 그사이 고열이 여러 번 나서 정신이 혼미해졌다. 격리 기간이 이틀쯤 남았을 때에야 바이러스의 기세가 꺾이는 걸 느꼈다.

올해 들어 가장 아프게 보낸 일주일이었다. 그런데 아이러니하게도 몸이 아픈 것에만 집중하니 마음은 편했다. 평소에 몸이 안 좋을 때처럼 날마다 몸 상태를 체크하며 운동을 갈 수 있을지 가늠할 필요 없이 일정을 다 취소했고, 병원 예약도, 글쓰기 작업도 전부 연기해버렸다. 언제 다시 할 수 있을지 불안해할 필요 없이 정해진 기간은 일단 쉬면 되니 매일의 걱정이 없어졌다. 몸이 아픈 것 말곤 모든 게 깔끔했다.

마음 편한 휴가를 받은 느낌이었다.

모든 일정을 미루고 쉬는 것에만 집중하자 다른 생각이 별로 들지 않았다. 그저 회복에 대한 생각뿐이었다. 미래에 대한 걱정, 고민, 불안은 없었다. 그때 나는 오롯이 순간에 존재하고 지금, 여기에 있었다. 현재만 생각하니 마음이 그리 복잡하지 않았다. 사는 게 막막하거나 두렵지도 않았다.

격리 기간이 끝나갈 때쯤 일주일간 편했던 나의 마음을 떠올리자 내 인생을 바꿔줄 열쇠를 발견한 것일지도 모른다는 생각이 들었다. 생각을 깊이 하지 않고 미래에 대해 생각하지 않는 것. 불안과 걱정에 휩싸였던 지난날의 나를 바꿀 수 있을 것 같았다.

나는 생각을 너무 많이 하는 사람이었다. 자기 생각에 스스로 짓눌려 살려달라고 소리치는 부류의 사람이었다. 생각을 어떻게 멈춰야 할지 몰라 심리상담을 시작했다가 자꾸 지난 시절과 예전의 감정을 생각하라는 질문에 되레 지쳐버리곤 했다.

밑도 끝도 없이 불안해지는 날들이 있었다. 집에만 있는 하루가 끝나지 않을까 두려웠다. 내가 채워가야 할 스물네 시간이 평생 지속될까 막막했다. 매일 펼쳐지는 흰 도화지 같은 하루 앞에서 한숨을 쉬게 되는 날이 많았다. 오늘을 보내도 또 내일이 오고, 내일을 보내도 또 억겁의 시간이 기다리고 있을 것 같았다.

나는 미래를 예측하려고 했다. 몇 년째 계속되는 창문 안쪽의 삶이 언제 끝날지 알고 싶었다. 언제쯤 출퇴근을 할 수 있는 삶이 가능해질지 알고 싶었다. 나에게 어떤 일이 일어날지 알고 싶었다. 하지만 미래에 대한 생각을 하면 할수록 불안감에 빠져들었다. 자신의 미래를 아는 사람은 아무도 없다. 까마득한 미래를 손에 잡으려는 시도는 불안을 키울 뿐이었다. 깊은 생각과 사색은 나에게 도움이 되지 않았다. 답도 없는 생각이 쌓여만 갔다.

그런데 먼 미래에 대해 생각하지 않는 일주일을 보내고 나니 인생에 대한 사고방식이 조금씩 바뀌기 시작했다. 어차피 알 수도 없는 미래에 대해 생각하기보단 눈에 보이는 오늘에 대해서만 생각하는 것이 훨씬 마음 편하다는 걸 알았다. 어쩌면 내 인생에서 처음 느껴본 편안함이었다. 나는 항상 미래를 미리 예측해보고 걱정하는 사람이었기 때문이다. 먼 미래가 어떻게 될지는 어차피 아무도 알지 못한다. 그걸 굳이 미리 생각하고 걱정을 사서 할 필요는 없었다. 나는 내가 할 수 있는 것만 하면 되는 것이었다. 오늘의 나를 살고 오늘의 글을 쓰는 것, 너무 깊이 생각하지 않는 것. 미래는 내가 하루를 어떻게 채우느냐에 따라 달라진다. 하루하루를 살다 보면 미래의 내 모습이 만들어질 것이다. 미래는 생각하는 것이 아니라 오늘을 살아 그 이후에 직접 맞이하는 것이었다.

생각을 짧게 하고 현재에 존재하며 먼 미래까지 사고의 끈을 잇지 않기로 하자 마음이 편해졌다. 내 삶에서 불안을 덜어내고 마음이 편해질 수 있을 거라곤 생각도 하지 못했다. 일주일의 시간이 주고 간 뜻밖의 깨달음이었다.

"몸이 좋아지면 뭐 하지? 나 뭐 해야 해?"

남편에게 몇 번이고 묻던 때가 있었다. 내가 대체 무얼 할 수 있을지, 무얼 해야 할지 간절히 알고 싶어 했다. 하지만 지금은 그런 질문이 별 의미가 없다는 걸 안다. 몸이 좋아지면 그때의 내가 뭘 할 수 있을지 알게 될 것이다. 지금 내가 할 수 있는 일은 좋아지기 위해 노력하는 것까지다.

내가 볼 수 있는 미래까지만 보려고 한다. 머리에 쓴 헤드랜턴이 비추는 내 바로 앞의 시야까지만. 글을 쓰고 몸 회복에 집중하는 것 이외에 내가 신경 써야 할 것은 없다. 그 이후의 미래를 알 수 없다고 불안해할 필요도 없다. 몸이 나아질 때까지 살아내면 그 이후의 삶도 보이기 시작할 것이다.

지금까지 살아왔으니 앞으로도 살아갈 것이다. 걱정할 것 없다.

다시, 수영장으로

수영을 처음 해본 것은 2018년 여름이었다. 퇴근 후 헬스장에 가기 위해 다시 집을 나서는 것이 너무 지치고 피곤했다. 하지만 체력을 기르기 위해 운동만은 꾸준히 해야 한다고 생각했다.

그때 떠올린 것이 수영이었다. 퇴근 후에 다시 나가지 않아도 되고, 어차피 출근 때문에 일어날 거 조금 더 일찍 일어나기만 하면 되니 별로 귀찮을 것도 없었다. 씻은 김에 바로 학교에도 갈 수 있었고, 운명인 듯 출근하는 경로에 수영장이 한 곳 있었다. 한 번도 물에 떠본 적이 없는 내가, 심지어 아침 수영이라니. 아침잠이 많은 나로서는 생각도 해본 적이 없는데, 한번 마음을 먹으니 마치 예정된 수순처럼 수영장 등록부터 수영복 구매까지 모든 일을 일사천리로 진행했다.

귀찮음에서 시작된 고민이 나를 팔자에도 없는 아침형 인간으로 만들었다.

수영은 좋았다. 내가 어떤 운동을 '좋다'라고 표현한 것은 내 평생 처음 있는 일이었다. 수영은 즐거웠고 재밌었으며, 심지어 종종 행복하기도 했다. 행복 같은 손에 잡히지 않는 단어를 일기장에도 별로 써본 적이 없는 내가 물속에선 이따금 행복하다고 느꼈다.

물속에서는 몸이 한결 가벼워졌다. 어깨 위에 무겁게 앉아 있던 피로감도 느껴지지 않고 온몸에 덕지덕지 붙어 있던 통증도 느껴지지 않았다. 중력이 덜어진 부력의 세계에서 나는 가벼운 새가 된 것만 같았다.

특히, 난 물에 둥둥 떠 있는 상태를 좋아했다. 물에 들어가 발차기나 스트로크는 하지 않은 채 '음—' 하는 상태로 떠 있는 것. 그 상태가 그렇게 평화로울 수가 없었다. 그것이 너무 좋아서 물고기가 되고 싶다는 생각까지 했다. 물고기가 된다면, 숨을 쉬기 위해 고개를 물 바깥으로 내밀지 않아도 되니까. 하루 종일 중력이 느껴지지 않는 물속에서만 있을 수 있으니까.

날마다 블로그에 수영 일기를 썼다. 강습이 없는 날에도 수영장에 가서 자발적으로 연습을 했다. 한 달쯤 지나선 같은 반 언니들에게 "아유, 진짜 잘해!" "수영 신동이야" 같은 칭찬을 듣기도 했다. 초급반에서 오가는 듣기 좋은 말인 걸 알지만, 나는 그런 말 한마디면 신이 나서 물속을 더 오랫동안 춤추듯 날아다니곤 했다.

아침 수영을 시작한 이후엔 일하는 것도 즐거워졌다. 그 시기에도 통증은 여전히 나와 함께였고, 아침에 눈을 뜬 순간부터 잠들기 전까지 온몸이 아프고 항상 절인 배추처럼 무거운 상태였지만, 물속에서만큼은 아프지 않았다. 그 틀림없는 한 시간으로 하루를 버텼다. 그리고 수영장에서는 사람들과 웃으면서 대화도 할 수 있었다. 몸이 아픈 것을 참고 숨기면서 억지로 웃지 않아도 되었다. 물속에선 실제로 통증이 느껴지지 않았으니까. 수영장에서 만난 사람들에게 나는 밝고 유머가 넘치는 활달한 물개였다. 당시 나와 같이 일을 했던 동료들은 의아해할지도 모르겠지만, 그것이 나의 가장 자연스러운 원래 모습이었다. 그리고 나는 처음으로 '인생에서 가장 잘한 선택' 같은 말을 입에 올려보기도 했다. 그리고 인생에서 가장 잘한 선택은 단연코 수영을 시작한 것이라고 일기장과 블로그에 꾹꾹 눌러 적었다. 수영을 시작한 것을 단

한 번도 후회한 적이 없다.

하지만 그 즐거움은 오래가지 못했다. 자유형 호흡을 한 쪽으로 하다 보니 오른쪽 목 통증이 최악의 시기처럼 심해졌고, 양팔 스트로크 자세 때문에 등 한가운데 작열감이 나타나기 시작했던 것이다. 수영을 하고 나면 등이 타들어가는 느낌이 들어 쿨링 젤을 자주 발랐지만, 전혀 소용이 없었다. 그리고 물과 자주 접촉하면서 가려움증이 다시 심해졌다. 피부과에 다니며 증상을 조절했지만, 통증과 작열감은 어찌할 도리가 없어 결국 9월 초 수영을 그만두었다. 그 후엔 한쪽에 수영가방을 놓고 수영용품만 계속 사댔다. 이번엔 갈 수 있지 않을까, 다음 달엔, 다음 분기엔, 내년엔… 그러다 오 년이 흘렀다.

몸이 좋아지면 하고 싶은 일을 생각할 때 가장 먼저 떠오른 것이 수영이었다. 시간이 오래 걸릴 것을 알았지만 다시 수영을 할 수 있게 된다면 꿈만 같을 것 같았다. 수영을 다시 할 수 있는 미래가 온다고 믿는 것은 마치 행복을 예약해둔 것과 같았다.

몸이 조금씩 나아질 때마다 나는 내가 수영을 하는 일련의 과정—수영 장비 챙기기, 샤워하기, 수영복 갈아입기—를 할 수 있을지 가늠해보곤 했다. 운동 선생님에겐 언제쯤 수영할 수 있냐고 수시로 물었다. 호전과 악화를 반복하면서 그 시기가 자꾸 더 먼 미래로 밀려났지만, 나는 그가 예상하는 시기를 내 행복의 디데이로 여기고 미래에 대한 희망을 품는 것을 멈추지 않았다.

올해 초, 처음으로 크게 아프지 않은 겨울을 보냈다. 봄이 다가오고 산책 시간이 길어지면서 수영을 하러 갈 시기를 조심스레 예측해보게 됐다.

3월이 오고 몇 주 후에 수영을 가보기로 결심하면서 방 한 켠에 항상 놓여 있던 수영가방을 다시 챙겼다. 가지고 있는 수영복, 수모, 수경을 모두 늘어놓고 입어보고 써보며 가장 편한 것으로 하나씩 골랐다. 유통기한이 한참이나 지나버려 세면도구도 새로 장만했다. 3월 내내 수영가방만 봐도 설렜다. 뭐가 들어 있는지 다 알면서 굳이 열어 내용물을 빼보고 다시 넣기를 반복했다. 빠트린 건 없는지 자꾸 확인했다. 설레는 마음으로, 전날 밤에도 수영하러 가는 날 아침에도 수영가방 앞에서 떠날 줄을 몰랐다. 수영장에 다시 간다는 게 믿기지 않아 몇 번이고 가방을 들었다 놨다 했다.

수영장에 가기 전까지는 설렘 반 두려움 반의 마음이었

다. 다시 내가 좋아하는 곳으로 돌아가는 설레는 마음, 하지만 내가 제대로 할 수 있을지 걱정하는 마음이 공존했다. 겨우 초급반만 두 달, 그것도 오 년이나 지난 탓에 지금 할 수 있는 건 발차기밖에 없을 것 같았기 때문이다. 하지만 역시나 대체로 기분 좋은 쪽이었다. 할 수 있는 게 얼마 없다면 할 수 있는 것만 하면 될 테니까. 수영장에 오래 머무를 체력도 없을 테니 그리 문제되지 않는 일일지도 몰랐다.

그리고 드디어 수영장에 도착했다. 거품 샤워와 수영복 입기는 무난하게 성공했다. 수모 쓰기와 수경 쓰기도 마무리. 이제 수영장에 들어갈 일만 남아 있었다.

매시간 오십 분 수영하고 십 분을 휴식한 뒤 정각에 다시 물에 들어갈 수 있는 시스템이라 사람들이 모두 수영장 턱에 걸터앉아 있었다. 시간은 한 시 오십삼 분. 어르신들 틈에 끼어 살포시 자리를 잡고는 아무렇지도 않은 척 시간을 기다렸다. 마치 어제도 온 사람인 양, 수영을 오 년 만에 온 사람은 아닌 양 태연하게 수경을 만지작거리면서. 두 시가 되자 사람들이 하나둘 물에 들어가기 시작했다. 나는 조금 기다렸다 마지막에 출발했다. 내가 할 수 있는지 없는지를 아직 알 수 없었기 때문이다.

일단 물에 뜨기부터 시도했다. 몸을 유선형으로 만들고 발을 바닥에서 띄운 후 숨을 참을 수 있을 만큼 가다가 일어난다. 성공했다! 오 년 만에 왔는데 물에 떴다! 하지만 환희를 같이 나눌 사람은 없었고, 그냥 혼자 계속 앞으로 나가길 반복했다. 물에 뜨니 이렇게 기쁘구나. 물에 둥둥 뜨니 이렇게 가볍고 신나는구나. 부력이 주는 해방감과 자유로움에 기뻐 물 안에서 나는 웃고 있었던 것 같다. 드디어 돌아왔다. 이곳으로.

그다음 이어진 연습들은 마냥 신나지만은 않았다. 킥판 잡고 발차기 연습을 하는데 발차기 방법을 다 까먹어서인지, 아직 체력이 부족해서인지 도무지 앞으로 나가질 않았기 때문이다. 앞에 가는 사람도 힐끗 보고 이 사람 저 사람 보면서 따라 하는데 왜 나는 앞으로 안 나가는 거지? 역시 체력이 문제라는 생각이 들었다. 50미터 레인을 몇 번 반복하지 못하고 나는 지쳐버렸고, 어르신들도 모두 아직 수영장 안에 계신 두 시 타임의 한가운데, 두 시 이십이 분에 물에서 나왔다.

조금 이른 듯하긴 했지만, 첫 번째 도전치곤 선방했다고 생각한다. 수영 앞뒤의 샤워와 수영복 갈아입기 미션까지도 모두 큰 무리 없이 완료했기 때문이다. 수영복 갈아입는 것을 상상도 못 했던 이 년 전을 생각해보면 장족의 발전이다. 시간이 오래 걸렸지만, 결국 다시 물로 돌아왔다. 내가 가장 돌아오고 싶었던 곳, 가장 평화로움을 느끼는 곳. 시간이 짧은 것은 문제될 것이 아니다. 겨우 십 분을 걷다가 사십 분을 걷게 된 것처럼 물 안에 있을 수 있는 시간도 점점 늘어나게 될 것이다. 그러다 보면 수영 강습을 받을 만한 체력도 되어 있겠지. 어찌 됐건 뒤로는 걷지 않는다고 믿어 의심치 않는다. 앞으로만 간다. 시원한 물살을 가르며. 아, 지금도 물속에 들어가고 싶다. 풍덩.

에필로그

아침에 일어나면 커튼을 젖히고 전기포트에 물을 올린다. 이젠 바닥에 털썩 주저앉아 싱크대에 몸을 기댈 필요는 없다. 일주일에 두세 번 수영 강습을 받으러 간다. 산책은 한 번에 사십 분은 할 수 있게 되었다.

통증은 거의 사라졌다. 고질적으로 아픈 몇몇 부위를 제외하곤 여러 부위에 통증이 나타나진 않는다. 아프다기보단 조금 불편한 정도다. 몇 년 전을 생각하면 지금이 꿈만 같다. 아파서 살기 싫다고 땅만 파던 시절이 내게도 있었다.

아직 체력이 완전히 회복되지는 않았다. 수영을 다녀온 날은 오후 내내 쉬어야 하고 산책도 사십 분을 넘기긴 어렵다. 일주일에 하루쯤은 신체적 활동을 쉬어주는 편이 그다음 날 힘을 내는 데 더 낫다. 편두통에서도 완벽히 해방되진 않았다. 통증과 피로감이 내 일상을 덮치기 이전, 보통의 일상으로 돌아가려면 아직은 시간이 조금 더 필요하다.

누군가 나에게 다 나았느냐고 묻는다면 나는 위의 문장들로 대답할 수 있을 것이다. 나아졌지만 여전히 터널 끝을 향해 가고 있다. 이 책이 나올 때쯤엔 끝에 조금 더 가까워져 있을지도 모르겠다. 그리고 그 끝은 사실 나에겐 끝이 아니라 시작이다. 일상을 시작하는 출발선이다.

섬유근육통을 진단받았지만 내가 쓴 글이 섬유근육통 환자의 대표 케이스로 여겨지지 않길 바란다. 글을 쓰며 조심스러웠던 부분이다. 질병의 이야기는 그 사람의 수만큼이나 다양하고 가지각색일 것이다.

이런 상태로 글을 쓰고 책을 완성하는 일이 불가능할 거라 생각했는데 간절히 원하다 보니 이루게 되었다. 쓸 수 있을 때면 썼고, 쓸 수 없을 때도 썼다. 2020년부터 2023년까지, 오랜 시간을 글쓰기에 들였다.

내가 아픈 이야기를 썼다고 해서 그 누구도 가슴 아파하는 이가 없었으면 한다. 오히려 나는 내 이야기를 글로 구체화하며 큰 해방감을 느꼈다. 그 어떤 일이라도 하나의 글로 완성하면 나는 다 괜찮아졌다. 그러니 이 책을 읽는 사람들이 나를 걱정하며 가슴 아파하진 않았으면 좋겠다. 나는 정말 다 괜찮다.

하루는 느리게 흘렀지만 오 년은 금세 지나갔다. 나의 삼십 대 중반이 사라진 것 같아 헛헛한 마음이 들지만, 이 책이 남았으니 괜찮다. 내가 무의미한 시간을 보낸 것은 아니라는 반증이 이렇게 남았다.

나아진 몸이 내가 앞으로 할 수 있는 일을 알려줄 거라 생각하면서도 나는 자꾸 앞을 내다보려 한다. 아직은 때가 되지 않은 것을 알면서도 마음이 앞선다. 무엇을 할지는 모르겠지만 지금까지 쌓아온 이야기를 나누고 싶다. 두런두런 앉아 따뜻한 마음을 나눌 기회를 갖고 싶다.

내가 글을 쓰는 동안 브런치, SNS, 카페 등 여러 경로로 응원의 말을 남겨준 모든 분들께 감사드린다. 읽고 싶은 이야기를 써줘서 고맙다는 말에 어쩌면 나는 여기까지 올 수 있었는지 모른다. 작년 여름, 나의 원고를 보고 긴 고민 없이 전

화기를 들어주신 폭스코너 출판사에 감사드린다. 큰 용기가 되었다. 글을 쓰는 동안 항상 제1의 독자로 든든하게 함께해 준 남편, 그리고 나를 지지해주는 나의 가족 모두에게도 감사의 마음을 전한다.

산책을 하다가도 돌 틈 사이를 비집고 피어난 들꽃을 보면 그것이 나인 듯 눈길이 갔다. 어쩌면 그렇게 살아왔는지도 모르겠다.

누구도 아무것도 포기하지 않았으면 좋겠다.

포기하지 않는 마음

ⓒ임혜린, 2023

1판 1쇄 발행 2023년 9월 27일

지은이 임혜린
펴낸이 윤혜준 | 편집장 구본근 | 디자인 권성희

펴낸곳 도서출판 폭스코너 | 출판등록 제2018-000115호(2015년 3월 11일)
주소 서울특별시 마포구 대흥로6길 23 3층 (우 04162)
전화 02-3291-3397 | 팩스 02-3291-3338
이메일 foxcorner15@naver.com
페이스북 | foxcorner15
인스타그램 | foxcorner15

종이 일문지엽(주) | 인쇄·제본 수이북스

ISBN 979-11-93034-07-1 03810